《美文》名家散文系列

青少版

地灵

大生容美

从且

贾平凹/主编

长江出版传媒

长江文艺出版社

宗璞　舒婷　赵丽宏/等著

图书在版编目（CIP）数据

大地生灵，从容且美 / 宗璞等著. --武汉：长江
文艺出版社，2022.6
（《美文》名家散文系列：青少版 / 贾平凹主编）
ISBN 978-7-5702-2415-9

Ⅰ. ①大… Ⅱ. ①宗… Ⅲ. ①散文集－中国－当代
Ⅳ. ①I267

中国版本图书馆 CIP 数据核字（2021）第 201642 号

大地生灵，从容且美
DA DI SHENG LING，CONG RONG QIE MEI

策　　划：穆　涛　王潇然　　　　　特约编辑：刘　云　程华松
责任编辑：梅若冰　李　艳　　　　　责任校对：毛季慧
封面设计：璞茜设计　　　　　　　　责任印制：邱　莉　杨　帆

出版：长江出版传媒　长江文艺出版社
地址：武汉市雄楚大街 268 号　　　　邮编：430070
发行：长江文艺出版社
http://www.cjlap.com
印刷：武汉中科兴业印务有限公司

开本：700 毫米×1000 毫米　　1/16　　　印张：10.625　插页：6 页
版次：2022 年 6 月第 1 版　　　　　2022 年 6 月第 1 次印刷
字数：122 千字

定价：32.00 元

目 录

第三辑　一个山谷一个太阳

第四辑　车无铃

第五辑　捡一片黄叶回家

第一辑

又听见了鸟叫

池塘

贾平凹

那时候，我很幼小，正是天真烂漫的孩子，父亲在一次运动中死了，母亲却撇下我，出门走了别家。 孤零零的我，被祖母接到了乡下的老家。 祖母已经年迈，眼花得不能挑针，就终日忙着为人洗衣，小棒槌在捶布石上咣当咣当地捶打。 我先是守在一旁，那声响太单调，再不能忍，就一个人到门前的池塘寻乐去了。

池塘里有生命，也有颜色，那红莲，那白鹅，那绿荷……它们生活它们的，各有各的乐趣。 我却不能下水去，只是看那露水，在荷叶上滚成碎珠，又滚成大颗，末了，阳光下一丝一缕地净了。 那鱼群，散开一片，又聚起一堆，倏然全部散去，只有一个空白了。 它们认不得我，我却牢牢记住了它们，摇着岸边的一棵梧桐，落一片叶儿到它们身边，我觉得那便是我了，在它们之中了，千声万声地唤它们是朋友呢。

到了冬天，这是我很悲伤的事，塘里结了冰，白花花的，我的朋友们再也不见了。我沿着池塘沿儿去找，却只有几根枯苇，在风里飘着芦絮，捉到一朵了，托在手心，倏忽却又飞了，又去捉回，再飞去……祖母知道我的烦恼，一边捶着棒槌，一边抹泪，村里人却都说我是怪孩子，在寻找什么呢？

时间一天天过去，池塘里起了风，冰一块块融了。终有一日，我正看着，就在那远远的地方，似乎有了一个嫩黄的卷儿，蓦地，在好多地方，也都有了那样的卷儿。那是什么呢？我一直守了半晌，卷儿终未展开。祖母说："啊，荷叶要出来了！"我听了，却悲伤了起来，想池里这么绿，绿得泼了墨，却染不了荷叶的嫩黄，它是患了什么病吗？一个冬天里是在水里病着吗？我只知道草儿从石板下长上来，是这般颜色，这般委屈，这水也有石板一样的压迫吗？

但它终于慢慢舒展开了，一个圆圆的、平和的模样，平浮在水面就不动了。三日，五日，那圆就多起来，先头的呈出深绿，新生的还是浅绿，排列得似铺成的石板路呢。池塘里开始热闹起来，我的朋友又都出现，又该是一个乐园了。

没想这晚起了风雨，哗哗啦啦喧嚣了一夜。天未亮，雨还未住，我便急忙去塘边了。果然池水比往日满了，荷叶狼藉，有的已破碎，有的浸沉水里，我不禁呜呜啼哭起来了。

就在这时候，有一声尖叫，是那么凄楚，我抬头看去，是一只什么鸟儿，胖胖的，羽毛并未丰满，却一缕一缕湿贴在身上，正站在一片荷叶上鸣叫。 那荷叶负不起它的重量，慢慢沉下去。 它惊恐着，扑扇着翅膀，又飞跳上另一片荷叶。 那荷叶动荡不安，它几乎要跌倒了，就又跳上一片荷叶，但立即就沉下去，没了它的腹部，它一声惊叫，溅起一团水花，又落在另一片荷叶上，斜了身子，簌簌地抖动……我不觉可怜起它来了，它是从树上的巢里不慎掉下来的呢，还是贪了好奇，忘了妈妈的叮嘱，来欣赏这大千世界了？ 可怜的小鸟！ 这个世界怎么容得你去？ 这风儿雨儿，你如何受得了呢？ 我纵然在岸上万般同情，又如何救得你啊！

突然，池的那边游来了一只白鹅，那样白，似乎使池塘骤然明亮起来，它极快地向小鸟游去了。 它是要趁难加害吗？ 我害怕起来，正要捡一块石子打它，白鹅却游近了小鸟，一动不动地停下了。 小鸟立即飞落在它的背上，缩作一团，伏在上面，白鹅叫了一声，像只小船，悠悠地向岸边游去，终于停靠在岸边一块石头旁，小鸟扑棱着翅膀，跳下来，钻进一丛毛柳里不见了。

我深深地呼出了一口气，感觉到了雄壮和伟大，立即又内疚起来，惭愧冤枉白鹅了，就不顾一切地奔跑过去，抱起了它，大声呼喊着，奔跑在这风中雨中……

鸟的建筑

苇岸

鸟巢是鸟的建筑。 和我们盖房子不同，鸟筑巢不是为定居，鸟只在繁殖期筑巢。

营巢是鸟的本能和天性，但不是所有的鸟都自行营巢。 比如啼叫美妙、声音与农业关联的杜鹃，即一个尽人皆知的典型，它们的"鹊巢鸠占"的强盗行径，即使在客观化的鸟类学家笔下，也常常受到道义上的指斥。 杜鹃有一种其他鸟类都不具备的特异本领，它能使自己的蛋在颜色、形状和大小上，与宿主的蛋完全相同，并可随各地宿主的变化而改变。 其以假乱真的程度，让敏感的宿主毫不觉察。 当它把蛋产进或衔入宿主（往往是苇莺）的巢后，随之发生的必然是，先行孵出的杜鹃雏鸟要将宿主的蛋或雏鸟全部挤出巢，以独享义亲哺养。 这便是我们情感上难于宽恕杜鹃的地方。

我所知道的不自营巢鸟，还有北方凶悍的红脚隼，在这方面，它以欺负乌鸦闻名。 在民间被称作"老鸹翠"的三宝鸟，亦时常露出觊觎鹊巢的流氓习性。 而且只要它去侵占，总能在厚道的喜鹊那里得逞。

不营巢鸟，这里还可举出一位。 可取的是，它从不贪慕别鸟之巢。 它把蛋无所顾忌直接产在地面、岩上或丛薮间，不作任何铺垫。对它我们至多说，这是鸟类中彻头彻尾的懒汉。 它昼伏夜出，羽似枯木。 它有一个十分典雅的学名：夜鹰。 不过，并非备受西方诗人赞颂的那种。

鸟类学家依据鸟巢的位置和性质，把鸟巢分为地面巢、水面巢、洞穴巢、建筑物巢和编织巢等几种类型。

地面巢大多简单、随便，往往仅在地面凹陷处略敷草物即告完工。这种巢，主要由雉、雁、鸭、鹤等笨拙的大型鸟类所为。 出乎我们意料的是，像云雀、百灵、歌鸲、画眉这些名字美丽、叫声动听的玲珑小鸟，也在地面营巢。 当然，它们的巢编织得都很精致。 这是些疏于林木，常年出没在旷野，为土地处处留下歌声的可爱精灵。 在水面营巢的鸟屈指可数，能够列举的只有游禽中永不上岸的䴙䴘和涉禽中善游的骨顶鸡与董鸡。 它们借助水生植物搭造的可随水面升降的盘状浮巢，风险最小。 洞穴巢包括崖壁洞穴和树干洞穴两种，前者的主人主要有翠鸟和沙燕；后者居多，如椋鸟、山雀、斑鸠、八哥、鹪鹩及肮脏的戴胜等，都是天然树洞或啄木鸟弃巢的受益者。 如果顺着这个行列数下去，我们还会惊讶地发现鸳鸯。 应该指明的是，营树洞巢的鸟，只有攀禽中的啄木鸟和䴕，真正具备开凿本领。 啄木鸟还有一种英雄秉性，即它从不使用自己往年的旧洞。 利用我们的屋宇营巢的鸟（不提麻雀），主要为燕科成员，原因在于它们的泥巢无法在露天筑造。 最后说到的编织巢，就是指我们观念上认定的，代表"鸟巢"这一词语本义的，由鸟类中广大的鸣禽在树上（个别在草丛或灌木基部）精心营造的巢。 这是那群勤奋的鸟类艺术家呕心沥血的作品，也是我们这篇短文想要谈论的核心。

除涉禽中的鹭，游禽中的鹈鹕和猛禽中部分鹰隼（这是些在树上筑粗陋大巢的鸟）外，编织巢几乎全部为雀形目鸟类所造，它们长于鸣啭，巧于营巢，故根据分类上的说法，我们前面又称它们为鸣禽。 雀形目是新鸟亚纲中种数最多的一目，其庞大数量占现代鸟类总体一半以上。

编织巢的形态，可说多姿多彩。 我们易于见到的杯状巢、碗状巢、盘状巢及瓶状巢，是其中主要的几种。 营哪种巢型，与鸟的科属有关。 但我愿意相信，它更取决于鸟类个体的偏爱与审美因素。 因此，这里无规律可循。

杯状巢是多数营巢鸟喜爱的一种巢型，像我们熟悉的伯劳、卷尾、柳莺、寿带等夏候鸟，都营此型巢。 太平鸟、灰山椒鸟、乌鸫及北红尾鸲等，营碗状巢。 树鹨和灰喜鹊的巢很浅，呈盘状。 攀雀和棕扇尾莺的巢收口，巢体似瓶。 文鸟、黄眉柳莺和"告春鸟"短翅树莺，能够营造顶部具盖、侧面开门的球状巢，更为精巧和高超的，是黄鹂和绣眼鸟的吊篮式悬巢。 南方有一种富于传奇色彩的小鸟，会将芭蕉或其他大型树叶卷合，然后在叶缘穿孔，贯以丝线，缝成袋状巢。 这种天才的小鸟，鸟类学家就叫它"缝叶莺"。

真正和我们生活密不可分，在我们的视域内最为显著的鸟巢，实际是喜鹊粗糙的球状巢。这种"仰鸣则晴，俯鸣则雨，人闻其声则喜"（《禽经》）的民间吉祥鸟，同淳朴的麻雀一道，终年祥和地围绕着我们。特别是在空旷的冬天，它们的巢很像一座座村庄，醒目地坐落在原野高大的树上（每巢都有一定巢距的巢区。个别也有一树双巢现象。在北京的沙河附近，我曾见过一树四巢）。每次看到这些高耸的星罗棋布的"家"，我都很动情，我觉得这是一种世间温暖与平安的象征，是这个季节比雪与太阳升落更优美的景色。

在神造的东西日渐减少，人造的东西日渐增添的今天，在藐视一切的经济的巨大步伐下，鸟巢与土地、植被、大气、水，有着同一莫测的命运，在过去短暂的一二十年间，每个关注自然和熟知乡村的人，都已亲身感受或目睹了它们前所未有的沧海桑田性的变迁。对这种变化的细节描述成激扬臧否，不仅会拖长我们的文章，偏离我们的主题，也有悖时宜。故这里暂不涉及。

又听见了鸟叫

郭宏安

其实，你这个城里人每天都听得见鸟叫。 城市里的树上，自然是早已不见了鸟的踪影，但城市里的居民中一直有人养鸟。 你的家里也许没有养，然而你的邻居或许养有一只画眉。 假使你的邻居没有养，附近的楼上也许有人养了一只百灵。 你或者曾经穿过一个鸟市，或者随便在哪棵树上看见悬着一个鸟笼。 在嘈杂的市声中，其实常常混杂着一两声鸟鸣的，画眉的嘹亮，百灵的婉转，黄雀的清脆，玉鸟的流丽，或者各类鹦鹉的粗粝……

然而，你这个城里人果真听见了鸟叫吗？ 换一句话说，你知道你听见了鸟叫吗？

我觉得已经很久很久没有听见鸟叫了，也就是说，我已经很久很久不知道我几乎是每天都听得见鸟叫。 我不是没有见过笼子里的画眉、百灵、黄雀、玉鸟，还有许多叫得上名字或叫不上名字的鸟儿。 我知道它们在叫，然而那叫声传得进我的耳鼓，却留不住，仿佛一阵风吹过光滑的石面，一丝儿痕迹也无。

我记得儿时曾养过一只鸟儿，青头麻身，样子很平常，现在我已记不起它叫什么了。 当初以为它不会"哨"（东北人称鸟鸣为哨，麻雀乌鸦等称叫，不为哨），只是看看玩儿罢了。 一天中午，家人都午睡了，四下里非常安静，突然从哪里传来一阵细细的鸣啭，怯生生的，但很悦耳。 我惊喜地发现，那是我的鸟儿在"哨"。 原来这鸟儿的确胆子小极，周围略有响动，便闭上嘴，一声不吭。 从那以后，每到中午，别人都午睡去了，我便坐在窗前，静静地等着，连书页也不敢翻。终于，小鸟叫了，我于是又快乐又得意。 后来，小鸟钻出笼子飞走了，我难过了好多天。 我在记忆里搜寻，觉得从那以后再没有听见过鸟叫。 我曾在北京西山植过树，也在燕山深处的小村庄里住过，还在长白山的密林里工作过，然而我总觉得许久许久没有听见过鸟叫了，或者说，鸟儿的叫声从此在我的耳鼓里留不住了。

终于有一天，我又听见了鸟叫，我那被城市里的噪声磨得迟钝麻木的耳膜又被鸟儿的叫声震动了。

八年前的一个冬天，我住进莱蒙湖畔的小镇塞里尼的一座木房子里。 时值豪雪之后，院子里、街上、树上、停着的汽车上，到处都覆盖着厚厚一层雪。 交通已断绝数日，一切声音都被积雪吸收了，偶尔有树枝自行折断，发出清脆而空洞的声响，间或有鸡鸣与狗吠应答，报告着还有生命在大雪中活动。

雪渐渐地化了。

一天早晨，我被一阵叽叽喳喳的声音吵醒了。定神听去，好一片如海潮般涌动的声音啊，热烈、欢快、交织着短促的悠长，还像有无数金属碎片在闪烁。我静静地倾听着，辨识着。是鸟叫！我一骨碌爬起来，跳下床，推开窗，仿佛呼地一下，那一片如交响乐般辉煌明亮的声音涌进了房间。是鸟叫！我又听见了鸟叫！我揉了揉眼睛，睁得大大地，在草地上、树丛间、枝叶的缝隙中细细地搜寻，画眉、山雀、麻雀、松鸡、燕雀、椋鸟、鹌鸪、黄鹂……许许多多的鸟儿在飞，在跳，在叫，在唱，好不热闹。我这才知道，春天来了。

我又回到了城里，然而从此我常常在嘈杂的市声里辨认着鸟鸣，我经过鸟市时也每每停下脚步，我也常常在树间悬挂的鸟笼下伫立……我从此细心捕捉每一声鸟鸣，并把它留在耳朵里。

生活在大城市的人并非听不见鸟叫。只是听而不闻罢了。眼前的千姿百态的世界，哪一样新奇的东西遮不住小鸟那细小的身躯呢？耳畔的轰轰隆隆的市声，那一种刺耳的响动盖不住小鸟那微弱的啼声呢？而心中的烦恼和焦虑更是把偶然入耳的鸟鸣驱赶到记忆之外了。

陶渊明有诗："结庐在人境，而无车马喧。问君何能尔，心远地自偏。"城里的人啊，怕只怕你在钢铁和水泥的包围中，心里连一只鸟儿也装不住了。

一九九三年元月北京

悼幽谷的小鹿

刁永泉

我相信，冥冥中有你的幽魂，引我到深山里去，与你相遇，小鹿。

初春，雪晴的清晨，我溯一条幽谷而行。 清溪穿过晨雾和阳光，在丛树间隐隐现现，冲荡青石和岩岸，聚成沉潭或激作湍流。

我不明白为什么竟要走下那座废弃的石桥，踩着露草到溪边去，在那块石头上静坐。 一群群的阳光在溪水里游戏，向我涌来，向我喧哗，诱我手去捕捉它们。 有几簇大胆的阳光跳上岸来，悬挂在树梢头，滴落在沙滩上，护围着一件灵物。

那是一具小兽的尸体，它静静地躺在细沙上，杂树与岸草悬垂在溪间，半掩着它。 它有二尺来长，皮肉已无存，只剩了一副骨架，泛着白皙的光泽；肋骨上还沾附些许绒毛，其色灰褐。 它的头骨狭长，是精致的三角体，额部倾斜而平坦；四肢颀长秀美，还展露它活着时那副优雅的体态。

这是一头小鹿的遗骨。

不幸的小鹿，为何竟死在这里？

我坐在它身边，久久地守望它，追想它不为人知的死亡。

也许，在夏日的某个中午，它孤独地在山间流浪，疲惫而饥渴，来到这溪边嚼几片树叶，饮一口溪水，却遭到猛兽的欺凌和残害……

也许，在冬天的一个早晨，它站在雪峰的峭岩上，远望那轮燃烧的初日而惊喜的长鸣，骤然一场雪崩，它来不及告别天空便坠落下来……

也许，在一个魅人的秋夜，圆月升上孤峰，月光在山间流泻，浸透了这小鹿的毛皮，那银色的流液在它的血里波荡，使它骚乱而狂迷，它失神地在山谷间梦游，它跳跃溪涧，去追逐那在澄潭中沐浴的素月，却碰撞在岩石上。

也许，在一个春日的傍晚，山谷的鲜花开得正艳，野草的浓香在溪谷间弥漫，这小鹿正随同它的伴侣沿溪踱步，任微风抚摸它们的皮毛，听树叶与流水甜蜜的絮语。 它们把俊美的身影投在水里，忘情地玩赏那重叠变幻的风姿，晚霞艳艳的光晕撩乱了水波，旋涌而狂舞，它们的丽影燃烧在娇红的光焰里，浑身战栗，一阵眩迷……而树丛中，有一孔枪口却对准了它胸前那片欢舞的花纹……

或者，那一声枪响之后，它没有死，它的伴侣遮护了它，扑倒在它的足前，那秀美的脖颈上绽开鲜艳的伤口。 一只猎狗狂吠着猛扑上来，咬住痉挛的前腿，拖到那猎人脚下……

溪边留下一摊残血……惊奔的小鹿又闻着血腥寻来，舐食了血迹，日复一日地守在这里。每一个晴和的黄昏，这小鹿都痴呆地伫望那消殒的落日，遥看那片惨红的晚霞哀哀地长吟，它听见自己的哀鸣在空谷里回应，颤抖不止……它不再咀嚼树叶，也不再饮水，只是舐舐那些为残血浸透的石头，那些寂寞的石头。它一天天瘦损、疯癫而迷乱，它倒下去，再也无力寻觅和顾盼那溪水中的魂影，它在最后一次梦里闭上了眼睛，俊美的身体被虫蚁蛀空。

我相信这头小鹿是这样死去的，这是一次残酷而凄美的死亡。

一个美丽的生命消逝了！它如果真有灵魂，这灵魂如今会站在哪一块山岩？卧在哪一处丛林？漂泊在哪一条溪流？徘徊在哪条草径……这深山中的幽谷，收容了它的形骸，也该算是它静美的墓地了。纯清的溪水从面前流过，晶莹的五彩石砾在身边闪烁霓光，风来抚摸，云来遮护，树影描绘斑斓的画图为它文身，月光漂洗了一生的疲困，芳草和鲜花馥郁着亡灵，流水日夜以清亮的音韵吟唱安魂曲，幽鸟们结伴飞来，扇动翠绿的、绛红的、宝蓝的或嫩黄的羽毛，起舞哀歌；而岩石竖起墓碑，那斑驳的苔藓，如优美的文字，铭记着小鹿自由的生和宁静的死。

它一生都不曾知晓那些繁华城市豪富乡村的家畜家禽们，那些牛、那些猪、那些狗、那些骡马驴羊鸡鸭猫鼠们是怎样地活着和怎样地死去……

而它，终生同它的侣伴在丛林山野间奔逐漫游，春雨、夏云、秋月、冬雪、朝光、夕影、灵山、秀水……天地间无穷的风景，都来美丽它的生命，造就它灵美的形体，而它又以它的灵美点缀这宁静的幽谷，为天地增添一份灵动与绮丽。

如今，它这副完美的头骨安恬地枕着溪流，如玉一般的颜色，光洁清润，漾动白雪的光泽和月华的清辉。那精巧的轮廓，那骨缝的纹路，或曲折、或浑圆、或挺健、或柔婉……这是风的形迹，是水波的涟漪、是树叶和野草的脉络。它的造型结构如此奇妙，额头像峭岩，眼腔像溪潭、鼻骨像雪峰、额部像幽谷……横出或斜飞、放纵或勾连，辗转开合、崎岖盘桓，仿佛一派气象万千的壮丽的山川。多变的线条，微妙的块面，委婉或舒展、突兀或陷落、平旷或狭仄、高峻或低回，疾徐错杂，曲直交互，流动着旋律，跳跃着节奏，宛如一首灵妙而富涵的乐曲，描绘着生命的完美，鸣奏着万象的谐音，它是一件大自然的杰作。

小鹿如今死去，把这份美交还给大自然，与天地和谐归一。无论生或者死，它都是这天地的一部分，它美丽的存在或逝灭，都无负于自己也无负于天地。活着，它是无憾的；死去，也该是无怨的。

它在这溪边静静地躺了多少时日，仿佛有所期待，有所许诺。它是否感悟到，有一个初春的早晨，一位诗人要从这溪边走过，为它的生命和死亡感动，为它的美而惊叹，要来收拾它的骸骨。

也许，它正是为我而生，为我而灭，为我而守，为我而等待，报我一份谐美，赠我一个纪念。

于是我洗净沾满尘污和市声的手，为它沐浴，带它归来，置于我的案头。

深夜里，我听见一声鹿鸣，穿透浓重的市声。那楚楚的清音召我到深山里去，伴守它的幽魂，默念这一篇悼文。

猫冢

宗璞

  十月份到南方转了一圈，成功地逃避了气管炎和哮喘——那在去年是发作得极剧烈的。 月初回到家里，满眼已是初冬的景色。 小径上的落叶厚厚一层，树上倒是光秃秃的了。 风庐屋舍依旧，房中父母遗像依旧，我觉得一切似乎平安，和我们离开时差不多。

  见过了家人以后，觉得还少了什么。 少的是家中另外两个成员——两只猫。"媚儿和小花呢？"我和仲同时发问。

  回答说，它们出去玩了，吃饭时会回来。 午饭之后是晚饭，猫儿还不露面。 晚饭后全家在电视机前小坐，照例是少不了两只猫的。 媚儿常坐在沙发扶手上，小花则常蹲在地上，若有所思地望着我，我总是和它说话，问它要什么，一天过得好不好。它以打呵欠来回答。有时就试图坐到膝上来，有时则看看门外，那就得给它开门。

可这一天它们不出现。

"小花，小花，快回家！"我开了门灯，站在院中大声召唤。因为有个院子，屋里屋外，猫们来去自由，平常晚上我也常常这样叫它，叫过几分钟后，一个白白圆圆的影子便会从黑暗里浮出来，有时快步跳上台阶，有时走两步停一停，似乎是闹着玩。有时我大开着门它却不进来，忽然跳着抓小飞虫去了，那我就不等它，自己关门。一会儿再去看时，它坐在台阶上，一脸期待的表情，等着开门。

小花被家人认为是我的猫。叫它回家是我的差事，别人叫，它是不理的，仲因为给它洗澡，和它隔阂最深。一次仲叫它回家，越叫它越往外走，走到院子的栅栏门了，忽然回头见我出来站在屋门前，它立刻转身飞箭似的跑到我身旁。没有衡量，没有考虑，只有天大的信任。

对这样的信任我有些歉然，因为有时我也不得不哄骗它，骗它在家等着，等到的是洗澡。可它似乎认定了什么，永不变心，总是坐在我的脚边，或睡在我的椅子上。再叫它，还是高兴地回家。

可是现在，无论怎么叫，只有风从树枝间吹过，好不凄冷。

七十年代初，一只雪白的、蓝眼睛的狮子猫来到我家，我们叫它狮子，它活了五岁，在人来讲，三十多岁，正在壮年。它是被人用鸟枪打死的。当时正生过一窝小猫，好的送人了，只剩一只长毛三色猫，我们便留下了它，叫它花花。花花五岁时生了媚儿，因为好看，没有舍得送人。花花活了十岁左右，也还有一只小猫没有送出。也是深秋时分，它病了，不肯在家，曾回来有气无力地叫了几声，用它那妩媚温顺的眼光看着人，那是它的告别了。后来忽然就不见了。猫不肯死在自己家里，怕给人添麻烦。

孤儿小猫就是小花，它是一只非常敏感，有些神经质的猫，非常注意人的脸色，非常怕生人。它基本上是白猫，头顶、脊背各有一块乌亮的黑，还有尾巴是黑的。尾巴常蓬松地竖起，如一面旗帜，招展得有表情。它的眼睛略呈绿色，目光中常有一种若有所思的神情。我常常抚摸它，对它说话，觉得它不知什么时候就会回答。若是它忽然开口讲话，我一点不会奇怪。

小花有些狡猾，心眼儿多，还会使坏。一次我不在家，它要仲给它开门，仲不理它，只管自己坐着看书。它忽然纵身跳到仲膝上，极为利落地撒了一泡尿，仲连忙站起时，它已方便完毕，躲到一个角落去了。"连猫都斗不过！"成了一个话柄。

小花也是很勇敢的，有时和邻家的猫小白或小胖打架，背上的毛竖起，发出和小身躯全不相称的吼声。"小花又在保家卫国了。"我们说。它不准邻家的猫践踏草地。猫们的界限是很分明的，邻家的猫儿也不欢迎客人。但是小花和媚儿极为友好地相处，从未有过纠纷。

媚儿比小花大四岁，今年已快九岁，有些老态龙钟了，它浑身雪白，毛极细软柔密，两只耳朵和尾巴是一种娇嫩的黄色。小时可爱极了，所以得一媚儿之名。它不像小花那样敏感，看去有点儿傻乎乎。它曾两次重病，都是仲以极大的耐心带它去小动物门诊，给它打针服药，终得痊愈。两只猫洗澡时都要放声怪叫。媚儿叫时，小花东藏西躲，想逃之夭夭。小花叫时，媚儿不但不逃，反而跑过来，想助一臂之力。 其憨厚如此。 它们从来都用一个盘子吃饭。 小花小时，媚儿常让它先吃。 小花长大，就常让媚儿先吃。 有时一起吃，也都注意谦让。 我不免自夸几句："不要说郑康成婢能诵毛诗，看看咱们家的猫！"

可它们不见了！ 两只漂亮的、各具性格的、懂事的猫，你们怎样了？

据说我们离家后几天中，小花在屋里大声叫，所有的柜子都要打开看过。 给它开门，又不出去。 以后就常在外面，回来的时间少。 以后就不见了，带着爱睡觉的媚儿一起不见了。

"到底是哪天不见的？"我们追问。

都说不清，反正好几天没有回来了。 我们心里沉沉的，找回的希望很小了。

"小花，小花，快回家！"我的召唤在冷风中，向四面八方散去。

没有回音。

猫其实不仅是供人玩赏的宠物，它对人是有帮助的。 我从来没有住过新造成的房子。 旧房就总有鼠患。 在城内迺兹府居住时，老鼠大如半岁的猫，满屋乱窜，实在令人厌恶，抱回一只小猫，就平静多了。 风庐中鼠洞很多，鼠们出没自由。 如有几个月无猫，它们就会偷粮食，啃书本，坏事做尽。 若有猫在，不用费力去捉老鼠，只要坐着，甚至睡着喵呜几声，鼠们就会望风而逃。 一次父亲和我还据此讨论了半天"天敌"两字。 猫是鼠的天敌，它就有灭鼠的威风！ 驱逐了鼠的骚扰，面对猫的温柔娇媚，感到平静安详，赏心悦目，这多么好！ 猫实在是人的可爱而有利的朋友。

　　小花和媚儿的毛都很长，很光亮。看惯了，偶然见到紧毛猫，总觉得它没穿衣服。但长毛也有麻烦处，它们好像一年四季都在掉毛，又不肯在指定的地点活动，以致家里到处是猫毛。有朋友来，小坐片刻，走时一身都是猫毛，主人不免尴尬。

　　一周过去了，没有踪影。也许有人看上了它们那身毛皮——亲爱的小花和媚儿，你们究竟遇到了什么！

　　我们曾将狮子葬在院门内枫树下，大概早溶在春来绿如翠、秋至红如丹的树叶中了。狮子的儿孙们也一代又一代地去了，它们虽没有葬在冢内，也各自到了生命的尽头。"前不见古人，后不见来者"，生命只有这么有限的一段，多么短促。我亲眼看见猫儿三代的逝去，是否在冥冥中，也有什么力量在看着我们一代又一代在消逝呢。

1992 年 11 月上旬

第二辑

大地上的事情

田园

谢子安

春起田园

这是一个大田园，园中的良田不下百顷，南北宽数里，东西长十数里。 园田周围以山岭作为屏障，隔开远亲近邻，外部的世界。 庄稼院用篱笆夹成的那种院中之园，同它相比，嫌太小家气。 小园的篱笆不过挡鸡挡狗，大园的山围挡风挡灾，岁岁护佑一方水土风调雨顺，五谷丰登。

南面一列大山脉，早春时节，仍然保持一派黛色，有眉青色的山崖，还有发青色的山林。 其余的三面同为丘陵。 东面一道岗，西面一痕岭。 处在这样两个位置，做成浅岗最好。 稍有起伏，如同门槛，取它的厚重，不取险峻。 一地可以托举朝日，另一地可以接驾夕阳。 作为隐蔽，允许人想象：日出的地方是什么模样？ 每天轰隆隆开启两扇地门，放出一团天火？ 回收落日，应该具有天宽地阔的襟怀，或者是一抱神水，箔了一层熔金？ 早晨，东岗总是铺展一匹霞彩，傍晚，西岭飘扬一袂织锦。 还有南边山头，飞快地膨胀发大棉花垛似的云朵，园外的事情，暴露一些秘密在天边，诱人想象与向往。

时令恰逢春天，前山草木已经势发，不过还没有完全显绿。 猛眼看，依然是冬天的枯色。 暮地，有一丛丛艳红，照亮人眼，那是樱桃花开了。 人忽然想到：高山是个美人头，那一头青丝，插满红花。 大地是张美人脸，素面本色，秋来，农人为她浓施胭脂粉黛。

大地中间有条河流穿过，不是四季清流，而是一条季节河。 旱季，流水去也，河床赤裸坦然而卧，与土地一起，休息养生。 雨季，蓄收不下多余的涝水，从山间从田垄汇入河道，向下游排泄干净。 经过沉淀，水流往往变得十分清澈，白天映照两岸青纱帐的倒影，让土地欣赏自己年年轮回重现的青春。 夜晚，天空筛漏一河星斗。 水光在夜色中闪亮，河流仿佛是一根长藤，曲曲弯弯伸向远方，尽头，瓜似的结出个金黄的月亮。 农人站上岗头，举手能够摘得，只是庄稼院太小，放不下一个圆圆大大的亮物。

偌大田园，不可以缺少两个村落。 一个是小庄，坐落在东北角。 顺借那里的丘陵地势，一家一户，走落下来。 至平原边上，几户人家，扎成一个堆儿，正面侧验，聚聚唠唠。 房顶苦草，山墙抹泥，用粗树枝编一面柴门，粉墙瓦脊做个门楼。 房前屋后疯养树木，入夏，一片绿涛柳浪，闹闹攘攘，把个村儿丢了。风掀一角，人家刚露一边，立刻又被掩上。人从大路来，听见狗吠吠地咬，找不到庄。听绿树背后女子笑，寻过一树，笑声还在深处。人奇怪，疑神疑鬼，心慌脸烧，与她见面太难。

一个大村，与小庄对称，摆放在田园的西南。晴天朗日，一堆大盒子似的农舍宅院眉目清楚。阴天的时候，村庄若有若无，影影绰绰。天明未明，小庄早起的汉子，喜欢将巴掌罩住耳朵，听从那里传来的细细的隐隐的鸡叫，音远呢，味厚呢，与本村不同。或者，天黑之前，眺望人家村中升起的一柱柱炊烟，望着望着，下霭气了，烟柱被暮霭冲淡，化了，揉揉酸眼，重新睁开，烟柱跑了，再看不见。回头找自己的家门，家门也不见。一边狠揉眼眶，一边喊自己家人的名字，人应人来。被人奇问：怎么了？笑答：不怎么。天，怎么黑了？真的黑了吗？这眼睛。大村的人也看我们庄吗？他们怎么看，怎么说，明天去问问。

可是，现在还是春天。太阳是只毛茸茸的老母鸡，趴在天上，抱住地球这只蛋，孵一只名字叫作春天的小鸡。大地底下被烧得沸腾，呼呼上升阳气。那种气太厚，罩住一切，地上的人物虚了，远村虚了，远山虚了。冻土化透，虚暄得陷进人脚。

播种之前，土地冒出第一批绿星星，那是各式各样苦味与甜味的野菜。太阳落山以前，会有许多孩子，主要是女孩，挎小筐，拎小铲，来田野上剜野菜。蹲下立起，蹲下立起，眼睛被土地吸住，时间长，发觉心中有些空，急忙喊叫女伴的姓名。第一遍声音小，喊出没人应。抬头看，人在很远的地方。大声呼唤：刘小芹！那边举手舞几下铲，答应：哎，李二丫！ 李是姓，二丫却是小名。 两边一齐咯笑，土地在二人脚下乐颤，鞋陷进一点，急忙挪开。 发现新菜，都弯腰弓身，以后半天无联系。 想了，再那样应答一次。

一位年迈的农人，勾腰驼背在地沿上踩，样子像是寻找什么。 在地头摘下一片嫩绿的草叶，丢进嘴里清嚼，嚼烂，吐出，让那种肥绿的汁液留在嘴中，吧嗒嘴，品尝春天的滋味。 又有老头来，二人田边相聚，指指大地深处，高声地说：眼花，看不好哇，那是一团绿？ 柳树绿了？ 柳树走呢？ 那有一片红，什么红？ 另一个人说：年年春天都一样，不长庄稼不长草，大地先起来一茬穿花花衣裳的小人儿。

天快黑，地里挖野菜的小人儿散干净，扔下一片空空的大地。 一个声音从村中喊出：女儿，女儿，回家吃饭！ 问路上的孩子，都说没看见。 一个人寻到地中央，不见人影，心就没底。 沿着沟沿找，沟沿一边粘片黑影，像个嘴，要咬你。 人自己吓自己，心提起来，扯着喉咙喊，音有些破，几声之后，拖上哭腔，一个小人儿提篮从黑地里出来，不声不响，来到跟前，故意吓大人一跳。 大人搬过脸蛋看，发现真是自己找的人，泪就下来。 举掌要拍了，在空中变成抿自己的头发。 嘴中谢天谢地说，赶快接过女儿的篮子，拎过去沉甸甸，嗔她贪了，怪她怎么剜这么多。 孩子仰脸有些歉意地甜笑，抹擦脸上的汗缕，细声细气说：不知道天黑，遇到一处，苣荬菜芽可多呢。 没敢剜净。 明天还去。 大人说：明天一块去。 大人牵了小人儿的手，怕再弄丢，娘儿两个深一脚浅一脚，走出大地。

村中掌灯，家家锅碗瓢盆叮叮当当响，赶做晚饭，吃晚饭。 烧柴草的炊烟汇入大沟，顺沟下河。 河中没有水走，走烟。 烟带浓重得像一条云彩，逆河向上游流动，河神烧炕，要下大雨。 入夜以后，那条干河沿岸，一种叫作地牛的鸟，把尖尖的嘴巴扎进泥土，哞哞叫。 地牛叫，雨来到，明天不到，后天准到。 明天一早，家家赶黄牛，扛犁杖，下田播种。 性急的农人赶在雨前种，性慢的农人等到雨后种。 春天走得有前有后，秋天一同来田园，入万家。

春雨无雷

今年春天，雨来得很迟。 农人们坐在未播种的田野上，脸已经被太阳晒蔫，眼睛习惯朝天张望。 天空很蓝，很远，那条又蓝又远的路上，没有云来，更没有雨来。 夜晚，天上布满星斗，密密匝匝，数不清楚，那是地下的农人印在天上的望眼。

雨，终于来了！ 这个季节的雨，一般发生在晚间。 开始，只是阴天，天阴得河似的，不留一条缝。 看不见，但是感觉到，云层像新发的草芽样细嫩。 重要的，没有起风。 农人立在自家院里，夜黑之中，一遍遍伸出手去，担心触摸到什么，没有。 这样才好，不然的话，积雨云会被吹散。 农人自言自语。 掌灯吃过晚饭，一家家灯被熄灭。也许有灯光，照化云气。 怕雨不肯下来。 一位年迈的农人，喔喔大声咳嗽，震颤山庄，夜空，显得他的声音有点厚，音儿带了边，诱发村头一阵嘎嘎的驴叫。 夜色刷刷声音，一切正被洗去。 偶尔新产生一二种，滤过之后的干净、响亮，立刻被水似的夜色冲掉。 尔后，村庄连同大地，一齐入静。

那些人家里边，有经验的心眼精细的女人，没有入睡。 她们拉亮檐下一盏带灯伞的电灯，或是打一只手电筒，捏着在各自的院子里走动。 收回浆洗晾晒的衣物，遮盖露天存放的坛罐，还有最重要的，向灶间壁储一些干柴。 空出院子所有的地面，让它与田野一起，等待落雨。 仍然不想回屋去睡。 一个人立在自家的屋檐下，举起手中的电筒，向空中照照，然后闭掉，站在黑地之上。 看见邻家的院里也有一盏电灯，一片灿黄的光喷出墙头，夜很黑，衬得光很亮。 一个细嫩的声音在屋里叫：妈，外边下雨吗？ 一个年长的声音在院里答：没呢，快了！ 邻人的灯灭了，刚才的对话一下子跑得既空且远，好像在天边回响。 如果不把她们的话当成人言，当作天语，被另一家农人不经心偷听，那么，今夜雨的消息，是天意，证实确凿无疑。 人喜欢做美妙的想象。 那样想，心里立刻潮乎乎，湿润润，甜滋滋，打下一个美丽的雨底。 举手去抓，大气真的已经返潮，天被洇透，雨，快来到了。

　　雨在人们睡去的时候，降落凡界，她像一个文雅的女儿家，不张扬，不显露，悄悄做事情，滋润干渴的土地。 在一个地方聚集得多，滴答滴答落下农家的房檐。 沁凉沁凉的雨气，连同滴滴答答的雨声，浸透整座农舍，一点一滴，洇湿农人的梦境。 农人醒来，醒后不说，不动，卧在枕上，听窗外春天的第一场絮絮的夜雨，惦记野外土地上的春种秋收。 另一个房间，新生不久的婴儿醒了，用嫩嫩弱弱的声音呜呜哇哇地啼哭，与户外的雨声融作一种和谐的天籁。 年轻的母亲必是睡得死，迟醒一会儿，搂住婴儿喂奶，唱：撂，撂，睡大觉。 后来，嚓，点亮灯，嘴中嘶嘶吹，把住婴儿撒尿。 一股细的水声在盆里刺啦啦响。 灯灭，婴儿受雨夜的感染，久久不肯入睡，用嘴啃自己的小拳头，咕咕噜噜地蒙话。 雨下得响亮起来，刷刷一片，盖住屋内的动静，房檐水，流成串，老天也新添一个孩儿吗？ 在哗啦啦撒吗？ 漏落人间，却是丰年。

一只湿猫，从窗眼猫道进屋，隔炕上柜，碰倒一样东西。 年长的女农人呀了一声，忽然记起一个怕亮的物件，落在院，丢给雨，急忙披衣，拉门，扑进雨中，又一阵风似的扑回来，裹一身潮气生气进屋。弄得年长的男农人躺不住，起身，不知为什么，不肯点灯，下地，踢踢踏踏穿衣服穿鞋，从墙上摘下闲了很久的水棱布雨衣，披上，又摘一顶蘑菇似的草帽，扣在脑袋上，摸黑出门，到院子里去。 去了其实并没有什么事情，只是看看夜雨，浇浇春雨。 没有风丝，雨顺顺溜溜地泼洒，接在掌中嫩呢，舔在舌尖甜呢，那样足足淋一个时辰。 女人三番五次开窗叫，男人有心无心哼啊应答，走走，停停，试试，探探，品品，咂咂，很长时间，不肯归去。 回屋的时候，仍然不用灯，摸黑将雨衣挂在原来的地方，让淋来的雨水顺墙流到地上，将吃透雨水变得很沉的草帽，扣在雨衣上。 一股很浓很重的雨水的鲜味，香气，在屋里漫开，呛人鼻，钻人嗓，入人腹。 原来他是取一件一顶的春雨，放进屋内，像白天农家姑娘采一束早开的山花，插在柜上瓶中。 农人夫妻嘀嘀咕咕，商议天晴播种的事情，南坡种谷，北坡栽薯，平地种玉米高粱。 房前屋后，种瓜点豆。 嘴中种下各样庄稼，不说苗，不贪绿，只要种子扎下白白胖胖的根儿，拱得心田痒痒，都是因为，人刚刚淋了这场催生春天新生儿的喜雨。

天明，雨依然在落。 早起的农人。 三三两两去各自的田间，不踩田脸，踩田边小路。 用棍剜开泥土，查看预测土壤的墒情。 隔开白亮的雨帘，这块田与那块田，大声呼唤。 有人用手接一捧雨水，洗脸洗手。 还有人一边扭秧歌，一边咿咿呀呀地唱曲。 大地是他们身后一批染了颜色的纸，雨晴之后，出一幅人欢马叫的春播图。 几个人路上遇一块，粗门大嗓评说这场雨水：清雨细雨呀，无风无雷呀！ 想起雷，春天的雷。 雷早响过，春雷年年响在雨前头，响一声旱天雷。 雷不像雨，让所有的农人都看见听到，雷不定在白天夜晚，不定在什么时辰，炸响一声，只响给少数的年长的特别的农人。 众人说雨，七嘴八舌，说完之后，听一人说雷，一鸟入林、百鸟压音地说，乐意让那人说得神道道，鬼兮兮。 把许多关于今年春雷的话，掺进雨水，点入土地。

那个夜晚有月亮

张爱玲

那个盛夏的夜晚，我独自一个人留在小镇上。 父母在此开家具店，临时回家，我恰好有假，来充老板。

白天累，天一黑就只想洗澡躺下。 小店远离人家，天又热，开着窗也不遮帘。

躺下，就觉着月亮直扑进来。 再细瞧，不对，圆圆的大月亮只是在外面探着头。 月光很疾，瀑布一样泻在我身上，溅得哗哗响，周围一片银白。 只一会儿，我便泡在月光里了。

除了偶尔的虫鸣和轻风，一点儿声音也没有，似乎世界上就两个存在：月亮和我。

月亮依然在倾泻，是种诱惑。

只迟疑了一下，我便撩去毯子，整个人沐浴在月光里。

脸颊微微热，心怦怦跳，这样尽情地享受月光浴毕竟是第一次。渐渐地，我成了畅游在月光里的一条坦然的鱼。

月光里，胴体冰清玉洁，泛着青春特有的微亮，曲线流畅，像一首流畅的曲子，我第一次发现：人体原本很美，世界原本单纯。

月光里，微眯着眼，想起世上的诽谤、嫉妒、猜忌，好没意思。

当然，二十一岁的女孩子想得更多的是爱情：恋人，恋爱。

恋人的每一个眼神和微笑。恋爱中的一波一折。离别又是第几天了，他在那儿做什么。

融融的月光里，有一种渴望茂密生长——渴望被珍爱，永远。

被月光从里到外洗了个透，我纯净得如婴儿，不知何时安然睡去，那个夜晚的觉最沉最香。

营建小屋时，考虑到取暖，卧室放在中间，又用火墙挡着，就此隔绝了月光，也隔绝了少女时代的许多梦想。每逢有月光爬上北墙，总不禁记起，那个夜晚，月光浴和渴望。睁开眼总有些惆怅。

再没有过月光浴，却依旧喜欢在月光里走走，月光能带给我一段安宁的心境。月光里，渴望已成一片衰草，总能从中拣到四个字：

珍爱自己。

千寻到了一趟天堂

潘向黎

　　一连几天，千寻都显得心事重重。 学校和家里都好好的，可是千寻有点心烦。 可能是秋天快要来了的缘故吧。 以前奶奶总说，季节变化会让人和昆虫心神不宁。

　　走到山坡上，她突然叹了一口气，对着天空说："真想去一个好地方啊！"

　　这时天上出现了一朵云，那朵云飘下来，对着千寻的脸，发出银子做的铃铛那么清脆的声音："什么样的地方，千寻？"

　　千寻大吃一惊，可是她真的太想去了，顾不得追问怎么会有这样的一朵云，是什么变的。 她赶紧说："去一个像天堂一样的地方啊！"

云说："那不就是天堂吗？"

"不是。 天堂是人死了以后才去的，我奶奶就在那里。 我只是想到一个像天堂一样的地方，它是活人就可以去的。"

"明白了。"

云说完就消失了。 千寻想：定是这个愿望太过分了。

第二天，千寻放学回家的路上，听见头上有人叫她："嘿，千寻。"

抬头一看，是那朵云。

"去吗？"

"去哪里？"

"像天堂一样的地方啊！"

千寻惊喜得喘不过气来。"真的可以吗？ 在哪里？ 怎么去？"她想到自己的自行车已经坏了很久，爸爸一直没有空给她修。

云用银子做的铃铛那样的声音笑了起来，然后伸手拉住她："闭上眼睛，马上就到了。"

千寻就闭上了眼睛。 然后她感到自己的身体一下子轻了起来，像一片羽毛那么轻，风把她吹起来。"千寻！ 千寻！"有人在叫她，她睁开眼睛。 不是云，而是一个穿着奇异的衣服的少年。 千寻从来没有见过男人穿得那么漂亮，不知道这是什么民族的衣服，但，他一定是贵族吧？ 看他头上戴着高高的帽子，身上的衣服有精美的刺绣，裙子上面裹着威武的兽皮。

"你叫什么？"千寻想问但是不好意思开口，这个少年的眼睛太清太亮了，像月光照在泉水上。 但是少年好像知道千寻在想什么，他说："我叫阿树。"他有棕色的皮肤，身上有一种山林里才有的好闻的清香。

这是什么地方啊？ 千寻东张西望起来。 她站在一个门口，这是一个寨子或者城堡的门口，用石头垒起来的，上面还有神秘的雕刻。 进了这个门，以为会是整整齐齐的建筑和道路，但是却是一片迷人的树林，还有流水、瀑布，和水里游着的水鸟。 最多的，是石头，石头，石头。 石头铺的路，石头砌的台阶，石头筑起来的楼，灰色的，但是很漂亮。 这些楼都好奇怪，圆圆的，越往顶上越尖，这不是教堂，应该是一种特别的式样吧。

"羌族的碉楼。"阿树说。

千寻突然明白，阿树是个有魔法的仙人，可以洞察人的心思，她顿时心花怒放。 于是她在心里不停地提问，虽然她的双唇闭得紧紧的。

"这里到底是不是树林啊？ 是在树林里修城堡，还是修了城堡种树？"

"是在树林里修城堡。"

"可是，树林怎么会有一个大玻璃屋顶？""为了保持一个最舒服的温度啊。 山林里经常刮风下雨呢！"

千寻看着玻璃顶，突然发现有一个地方，开了一个洞，在那里，一棵云杉挺直地探出了头。"我们这里谁都不想伤害树。 天堂里怎么能没有树，对吧，千寻。"

千寻拼命点头。

但是这个地方真大啊。 她赶紧跟上阿树的脚步，否则就要迷路了。 路在碉楼之间盘旋，突然出现了一个广场。 许多人在那里围着篝火又唱又跳，看上去好开心啊。

"这是锅庄。"

千寻站在一边看着，心里有点痒痒的，突然有个满头都是细辫子的女孩子，把她拉进那圈人里面，她就跟着跳了起来，而且不知道为什么开始笑，忍不住地笑，笑得很响。

满头细辫子的女孩子自己说她叫阿蓝，蓝色的蓝。

千寻发现阿树看见阿蓝，眼睛更亮了，但是阿蓝看他的时候，他有点脸红。

他是喜欢阿蓝呢！ 千寻虽然才十五岁，但是许多事情已经很明白了。

跳完锅庄，三个人继续闲逛。 到处都是漂亮的店铺，卖的都是外面看不到的东西，有首饰、有衣服，还有药材——里面还有珍珠，珍珠居然可以做药，千寻惊讶得不得了。 那么玛瑙呢？ 翡翠呢？ 还有蓝宝石呢？ 吃下去会怎么样？ 她不好意思问。 而阿树一直望着阿蓝，也没有回答她心里的疑问。 还有许多好吃的东西，光闻香味就让千寻流口水。 阿树说："吃晚饭吧，千寻那么远飞过来，一定饿了。"千寻这才知道，自己原来是飞过来的。 他们进去的饭店看上去也像个博物馆，许多漂亮的东西，让千寻都不敢伸手摸。 菜里也开着许多花，格桑花山鸡、色嫫山桃花、丁香烘羊背、景天竹荪汤，还有脆皮糌粑。千寻觉得从来没有吃过这么香的晚餐。 隔壁一桌有人在喝酒，听见他们说是青稞酒，千寻想：等我长大了，也要尝一尝。

吃饱了突然觉得困了。 阿树说："今天先休息吧。"

阿蓝说："我带她去房间。 哪有男孩子陪人家去房间的？"

千寻说："谢谢阿树。 明天你再陪我玩，好吗？"阿树点点头，走了。 走的时候，他看了阿蓝一眼，阿蓝咯咯地笑了起来。

去房间的路上，经过一个酒吧，听见里面好听的歌声传出来，是个男人在唱歌，但是那歌声温柔得不像男人可以发出的。 那歌声让千寻想起，小时候生病妈妈滴在自己脸上的眼泪，还有以为丢了的小狗突然回到家里，小学时最要好的信子转学时的……阿蓝说："是康仔。 他总是唱得这么好。"千寻想：这里的人，天天能听这么好听的歌！

打开房门，阿蓝笑着说："请休息吧！"

没想到是这样豪华的房间！ 千寻大吃一惊。 原来以为是简单的小屋子呢。 五彩石块铺的地，还带着天然的起伏，暗红色的木家具上面装饰了螺钿和金色的花纹，巨大无比的床铺着比雪还白的床单，可以睡得下五个千寻。 窗前有一张躺椅，还配着脚凳，旁边的茶几的中间镶着一块玻璃，可以看到下面铺着一层雪白的细沙，上面放着几个漂亮的贝壳和一片落叶。

拉开麻布窗帘，发现外面是个阳台。 阳台是用方头方脑的木头做的，让人站上去很放心，而阳台外面，竟然是高低连绵的山！ 天黑了，它们显得苍苍茫茫，但千寻敢肯定，出太阳的时候，肯定是青翠的。 晚安啦，山。 晚安，不知道在哪里的云。

千寻洗了个舒舒服服的澡，然后就上床，很快就睡着了。

睡梦中，好像听见那朵云飘过来，用银子做的铃铛那样好听的声音说："这就是活人可以到的天堂呀！ 是不是什么烦恼都没有了？"

千寻口齿不清地说："谢谢你。 你怎么一到这里就不见了？ 你是哪里的云呢？"

没有听见云回答，耳畔似乎有了淅淅沥沥的雨声。 是下雨了吧。山里的雨，说来就来呢。

第二天一早，千寻醒来，看见阳光透进来，赶快跑到阳台上。哇！ 这么漂亮的一幅画！ 远远近近的山，绿的、青的，像水彩画一样，山间缭绕着白云，云是那么白，那么肥，像花朵似的。 可是花朵不会走来走去，比如山外面的花就到不了这里，她们又不会骑马！ 还是云更自由呢。

这个天堂是建在山里面，怪不得那么安静。 所有外面的事情，只要你不想起，就好像在天的那一边那么远，人一到这里，就变得没有烦恼，不，不是没有烦恼，而是从来不知道什么叫烦恼。 千寻想：一直想来的好地方，就是这样的地方呀！ 以后一定再来，还要带爸爸妈妈来。 只是不知道要怎么让云带这么多人一起飞。

天堂里没有时间，不知道过了多久。 反正有一天，千寻知道，该回去了。

这次她是坐车走的。 是一辆上面装饰了许多鲜花的马车，赶车的，正是阿树。 上车的时候，没有看到阿蓝。

"她去沟里了。 她经常去看看。"

" 什么沟？"

"九寨沟啊。 阿蓝，是那里的水妖呢。"

"什么？"千寻大吃一惊，比前几次更大的一惊。 但是，应该是的吧。 如果是人，怎么会有这么美，这么美的女孩子呢！

九寨沟的水，一定就像她的眼睛，比最蓝的蓝宝石更蓝，像一万朵桔梗花、龙胆花的颜色聚在了一起那么蓝。

知道了，阿树，一定是这里的树精了。 那朵云呢？

阿树叹了一口气："她叫小羽毛，是你阳台对面山上最小的一朵云。 她想让我和她一起离开这里，可是我，喜欢的是阿蓝。"

原来，那是一朵失恋的云，怪不得只要有阿树在，她就不出现。

阿树这么喜欢阿蓝，阿蓝也是知道的吧？ 看她的眼睛亮亮的，那是有人宠爱的女孩子才有的得意。 可是她喜欢阿树吗？ 下次要问问她。 她真应该喜欢阿树啊，如果没有阿树，她还能这么美吗？ 下马车的时候，千寻在心里不断地说：我还要再来，还要再来。

阿树笑了："一定再来啊。 再遇到小羽毛，叫她还是回来吧。 这里才是她的家啊。"

千寻答应了，转身走了几步，知道阿树和他的马车会消失，忍了一会儿，终于还是回头了一下，阿树和他的马车果然不见了。

花瓣。 四周一个人都没有了，但是地上还留着几瓣。"不是梦吧！"千寻喃喃地说。

大地上的事情

苇岸

　　捕鸟人天不亮就动身，鸟群天亮开始飞翔。 捕鸟人来到一片果园，他支起三张大网，呈三角状。 一棵果树被围在里面。 捕鸟人将带来的鸟笼，挂在这棵树上，然后隐在一旁。 捕鸟人称笼鸟为"游子"，它们的作用是呼喊。 游子在笼里不懈地转动，每当鸟群从空中飞过，它们便急切地扑翅呼应。 它们凄怆的悲鸣，使飞翔的鸟群回转。 一些鸟撞到网上，一些鸟落在网外的树上，稍后依然扑向鸟笼。鸟像木叶一般，坠满网片。

　　丰子恺先生把诱引羊群走向屠场的老羊，称作"羊奸"。 我不称这些游子为"鸟奸"，人类制造的任何词语，都仅在他自己身上适用。

一次，我穿越田野。 一群农妇，蹲在田里薅苗。 在我凝神等待远处布谷鸟再次啼叫时，我听到了两个农妇的简短对话：

农妇甲："几点了？"

农妇乙："该走了，十二点多了。"

农妇甲："十二点了，孩子都放学了，还没做饭呢。"

无意听到的两句很普通的对话，竟震撼了我。 认识词易，比如"母爱"或"使命"，但要完全懂得它们的意义难。 原因在于我们不常遇到隐在这些词后面的、能充分体现这些词含义的事物本身；在于我们正日渐远离原初意义上的"生活"。 我想起曾在美术馆看过的美国女画家爱迪娜·米博尔的画展，前言有画家的这样一段话，我极赞同："美的最主要表现之一是，肩负着重任的人们的高尚与责任感。 我发现这一特点特别地表现在世界各地生活在田园乡村的人们中间。"

我把麻雀看作鸟类中的"平民"，它们是鸟在世上的第一体现者。它们的淳朴和生气，散布在整个大地。 它们是人类卑微的邻居，在无视和伤害的历史里，繁衍不息。 它们以无畏的献身精神，主动亲近莫测的我们。 没有哪一种鸟，肯与我们建立如此密切的关系："有一次，我在锄地，一只麻雀飞来停落到我肩上，我觉得佩戴任何的肩章，都比不上我这一次光荣。"（梭罗《瓦尔登湖》）在我对鸟类做了多次比较后，我发现我还是最喜爱它们。 我刻意为它们写过这样的文字："它们很守诺言每次都醒在太阳前面/它们起得很早在半道上等候太阳/然后一块儿上路/它们仿佛是太阳的孩子/每天在太阳身边玩耍/它们习惯于睡觉前聚在一起/把各自在外面见到的新鲜事情/讲给大家听听/由于不知什么叫秩序/它们给外人的印象/好像在争吵一样/它们的肤色使我想到土地的颜色/它们的家族/一定同这土地一样古老/它们是留鸟/从出生起便不远离自己的村庄"。

下面的内容，是我在一所小学见到的，为众多的学生保证书之一。原文抄录如下：

1. 老师留的作业要认真按时完成。
2. 下课不追跑打闹。
3. 不管是不是低声日都不大声说话。
4. 不管什么时候都不能骂人。
5. 学校举行什么活动都要听老师的。
6. 老师提问要积极举手发言。
7. 不逃学,积极参加课外活动为班争光。
8. 不管上什么课都不搞小动作,在考试上得到 90 分以上。
9. 自己的事要自己做。

（三〈4〉班　孙蕊）

我把这二十世纪末中国少年的誓言记在这里，但不想多说什么，唯愿我们的少年长大后，不再写出类似鲁迅先生曾写过的话："长辈的训诲于我是这样的有力，所以我也很遵从读书人家的家教。 屏息低头，毫不轻举妄动。 两眼下视黄泉，看天就是傲慢，满脸装出死相，说笑

就是放肆。"（鲁迅《忽然想到》）

俗名是事物的乳名或小名，它们是祖先的、民间的、土著的、亲情的。它们出自民众无羁的心，在广大土地上自发地世代相沿。它们既体现事物自身的原始形象或某种特性，又流露出一地民众对故土百物的亲昵之意与随意心理。如车前草，因其叶子宽大，在我的故乡，称作"猪耳朵"；地黄，花冠钟状、甘甜，可摘下吮吸，故称"老头喝酒"。俗名和事物仿佛与生俱来，诗意，鲜明，富于血肉气息。它们在现代文明不可抵御的今天，依然活跃在我们的庭院和大地。它们的蕴意，丰富，动人，饱含情感因素。无论什么时候，无论走到哪里，只要我们听到这样的称呼，眼前便会浮现我们遥远的童年、故乡与土地。那里是我们的母体和出发点。

俗名对人类，永远具有"情结"意义。

在北方的林子里，有一种彩色蜘蛛。它的罗网，挂在树干之间，数片排列，杂乱联结。这种蜘蛛，体大、八足纤长，周身浅绿与橘黄相间，异常艳丽。在我第一次猛然撞见它的时候，我感觉它刹那带来的恐怖，超过了世上任何可怕的事物。

相同的色彩，在一些事物那里，令我们赞美、欢喜；在另一些事物那里，却令我们怵目、悚然，成了我们的恐怖之源。

1992. 3

海念

韩少功

满目波涛接天而下，袭来潮湿的风和钢蓝色的海腥味；海鸥的哇哇声从梦里惊逃而出，一道道弧音最终没入寂静。 老海满身皱纹，默想往日的灾难和织网女人，它的背脊已长出木耳那倾听着千年沉默的巨耳——几片咬住水平线的白帆。

涨潮啦，千万匹阳光前仆后继地登陆，用粉身碎骨欢庆岸的夜深。

大海老是及时地来看你。

大海能使人变得简单。 在这里，所有的堕落之举一无所用。 不管明天活不活得翻脸，告密信和春药，都无法进入对大海的感觉，它们的含义在涛声中迅速枯萎，随风飘散。 只要你把大海静静看上几分钟，一切功名也立刻无谓和多余。 海的蓝色漠视你的楚楚衣冠，漠视你的名片和深奥格言。 永远的沙岸让你脱去身外之物，把你还原成一个或胖或瘦或笨或巧的肢体，还原成来自父母的赤子，一个原始的人。

还有蓝色的大心。

传说人是从鱼变来的，鱼是从海里爬上岸的。 亿万年过去，人远远地离开了大海，把自己关进了城市和履历表，听很多奇怪的人语。比方说："羊毛出在狗身上。"

这是我的一位同行者说的。 这样说，无非是为了钱，为了得到他一直所痛恶的特权。 他昨天还在充当沙龙里玩玩血性的演员和票友，今天却为了钱向他最蔑视的庸官下跪。 当然也没什么，他不会比满世界那么多体面人干得更多，干得更漂亮。

你陷入了谣言的重围。 谣言使朋友业兴盛，是这些人的享乐。 你的所有辩白都是徒劳，都是没收他人享乐的无理要求。 他们肮脏或正在筹划肮脏，所以不能让你这么清白地开溜，这不公平。 他们擅长安慰甚至拉你去喝酒，时而皱着眉头聆听，时而与服务员逗趣说笑，没有义务一直奉陪你愤怒。 或者他们愤怒的对象总是模糊，似乎是酒或者天气，也可能是谣言，使你在失望的同时继续保持着希望。 他们终于成了居高临下的仲裁者和救助者，很愿意笑纳你的希望，为了笑纳得更多便当然不能很快地相信一加一等于二。

你期待民众的公道，期待他们会为他们自己的卫士包扎伤口。不，他们是小人物，惹不起恶棍甚至还企盼着被侥幸地收买。 真理一分钟没有与金钱结合，他们便一哄而散。 他们不掺和矛盾，不想知道得更多而且恐惧得哆嗦。 他们突然减少了对你的眼光和电话甚至不再摸你孩子的头发，退得远远的，看诽谤与权谋从眼前飞过，将你活活射杀在地鲜血冒涌。 他们终于鼓动你爬起来重返岗位捍卫他们的小钱——你怎能撒手丢下他们不管？ 事情就是如此。 你为他们出站，就得牺牲，包括理解和成全他们一次次的苟且以及被收买的希望。

你是不是很生气？

现在想来有点不好意思。 你真生气了，当了几天气急败坏可怜巴巴的乞丐，居然忘记了理想的圣战从来没有贵宾席，没有回报——回报只会使一切沦为交易，心贬值为臭大粪。 决心总是指向寒冬。 就像驶向大海的一代代男人，远去的背影不再回来，毫不在乎岸边那些没有尸骨的空墓，刻满了文字的残碑。 多少年后，一块陌生的腐烂舷木漂到了岸边，供海鸟东张西望地停栖，供夕阳下的孩子们坐在上面敲敲打打，唱一支关于狗的歌。 回家啰——他们看见了椰林里的炊烟。

人是从海里爬上岸的鱼，迟早应该回到海里去。 海是一切故事最安全的故乡。 不再归来的出海人，明白这个道理。

你也终归要消失于海，你是爬上陆岸的鱼，没有在人世的永久居留权，只有一次性出入境签证和限期往返的旅行车票。 归期在一天天迫近，你还有什么事踌躇不决？ 你又傻又笨连领带也打不好，但如果你的身后有亲情的月色，有友谊的溪流，有辛勤求知和工作的柳暗花明，有拍案而起群小惊慌的天宽地阔，你已经不虚此行。 你在遥远山乡的一盏油灯下决定站起来，剩下的事情就很好办。 即使所有的人都在权势面前腿软，都认定下跪是时髦的健身操，你也可以站立，这并不特别困难。

同行者纷纷慌不择路。 这些太聪明的体面人，把旅行变成了银行里碌碌的炒汇，商店里大汗淋漓的计较，旅行团里鸡眼相斗怒气冲冲的座位争夺。 他们返程的时候，除了沉甸甸的钱以外什么也不曾看到，他们是否觉得生命之旅白白错过？ 上帝可怜他们。 他们也有过梦，但这么早就没有能力正视自己儿时的梦，只得用大沓大沓的钱来裹藏自己的恐惧，只得不断变换名牌衬衫并且对一切人假笑。

你穿不起名牌，但能辨别什么是用钱赂肢出来的假笑，什么是由衷而自信的笑。

你背负着火辣辣的夏天，用肩头撞开海面，扑向千万匹奔腾而来的阳光。 你吐了一口咸水，吐出了不知今夕何夕的蓝色。 有一些小鱼偷偷叮咬着你的双腿。

这是一个宁静的夏日。 海滩上并非只有你一个人。 还有人，一只黑影，在小树林里不远不近地监视着你。 终于看清了，是一位瘦小干瘪的老太婆，正盯着你的饮料罐头盒耐心等待。 旅游者留下的食品或包装，都能成为穷人有用的东西。

你有点耻辱感地把易拉罐施舍了她。 她抽燃一个捡来的烟头，笑了笑："火巴。"

你听不懂本地人的话。 她在说什么？ 是不是在说"火"？ 什么地方有火？ 她是在忧虑还是在高兴火？ 这是一句让人费解的谶言。

她指着那边的海滩又说了一些什么。 是说那边有鲨鱼？ 还是说那边发生过劫案？ 还是请你到那边去看椰子？ 你还是没法明白。

但你看到她笑得天真。 大海旁边一切都应该天真。

你将走回你的履历表去沉默，好像什么也不曾发生，什么也不用说。 你拣了几片好看的贝壳，准备回去藏在布狗熊总是变出糖果的衣袋里，让女儿吃一惊。 你得骑车去看望一位中学时代的朋友，你忙碌得在他倒霉的时候也不曾去与他聊聊天。 你还得去逛逛书店，扫扫楼道，修理一下家里的水龙头——你恼人地没看懂混沌学也没有赢棋甚至摇不动呼啦圈，难道也修整不好水龙头？ 你不能罢休。

你总是在海边勃发对水龙头之类的雄心。 你相信在海边所有的念头都不是无缘无故产生的，一定都是海的馈赠，是海的冥隐之念。

大海比我们聪明。

大海蕴藏着对一切谶言的解释，能使我们互相恍然大悟地笑起来。

梨花做盏饮清风

谢子安

阳历 4 月中旬的一天，按照远在冬天里的约定，我们几个人结了伴，去山乡赏梨花，访春耕。 去的地方在城市以北约 30 里，叫长宝石佛沟。

人们选择在午饭之后上路，出城，把一溜儿自行车骑到满世界明晃晃的阳光里面去。 天上没长云彩，地上没起风丝，这样的天气让人觉得心里干净。 人一路上和春天说着话，话还没说完，那个山沟已经在眼前了。

天行有常，按照一般的自然规律，春播时节，梨花开放前后，辽西普降一场春雨。 这场雨水，来前来后，对于土地没有什么关系，而对梨树开花，则有着极大的影响。 如果梨花等不及先开出来，而脚步慢的春雨迟迟不肯来到，那么这一年只好让花旱着开，渴着开。 这种年景的梨花自然是花朵小，开不亮。 更可怕的是逢上苦雨摧花的那一种，花刚绽开，却遭天雨，花被雨占去，那种年份，花是看不好的。 好不过一切都赶得及时，天遂人愿，花期之前，天降喜雨。 雨过天晴，天空被洗得水蓝水蓝，好让老梨在天底下摆放一树一树雪白的新花。 世上从来都是水养花，天雨作美，花色水灵。 我们今年赶得巧，几天前一场喜雨刚过去，估计今年的梨花要开得多漂亮就会有多漂亮。

长宝石佛沟是一处浅山沟，精浅得像个簸箕。 两行山刚起来，故意未长成，将将做成一道细细的山影，并不去与谁争高攀贵。 把个斜长的村儿护在中间，又不替它遮挡从天上下来的日光和天风。 这地方村林合一，先有一片梨树林，然后才有一户人家，接下去又有一片林子，又有几户人家。 使人猜测，当年这个村子开山占地的先人，一定是先种下树木，而后就地搭起一处窝棚护树。 等梨树长大成林，林中也便固定有了炊烟，有了鸡鸣与犬吠。 梨树已经很老，许多株早老得阴一半阳一半，有的树冠旧头枯死被锯掉，又从锯口旁边修出新头，当地人把这种情形说成"让"，往往是旧枝断了，"让"出新枝。 林中的老树，多数都有断臂创疤，站立成各式各样有趣的姿势。 百年老梨，老树披上新花，难怪这里的花好看，树不是更好看？

丘陵坡田随风流动清新凉爽的山野田园气息，含芳吐绿的山林之中，有一群一群花羽毛的鸟雀在飞舞鸣唱，激起一串串清脆的山应。山坡梨林的农田里面，一拨一伙的农户在抢墒播种，人们一边劳动，一边大声说笑，夹杂一声声马嘶牛哞，因为吸足脚下泥土里春雨的水分，那些声音像盛开的梨花一样，显得十分鲜活水灵。

天快黑下来的时候，我们在村人的引导下，去村中央看十一梨叟。这是站立在路旁的十一棵老梨树，树龄相同，个头一般高，明显出自一茬，而树况各不一样。 其中有几株活得太平而且幸运，吹吹打打让它过去百年的风雨，仍然落得个枝全花盛，这多少有点像人间的多子多福，它们一定是几个乐呵而没有脾气的梨老头。 我伸出手去抚摸老树，问枝头已经结过多少秋天的收获与欢乐，问根下还储留多少春天的叶绿与花白？ 炊烟与暮色浓浓之中，老树似乎一同聚拢前来，扯手牵衣，与人哼哈应答对话。 天色向晚，十一梨叟也定会饥会饿吧，真乐意请它们去庄稼院中，围绕一张红漆炕桌，有蹲有坐，狼吞虎咽地吃用大海碗盛得冒尖的糙米饭，就孩子们现从地里剜的野菜，蘸新出缸的酱，所有的人都吃得敞衣开怀，脸上流淌汗缕。 然后，有电灯也不用，点一盏昏而花的老式的油灯，抽用手工搓卷的喇叭筒旱烟，做一番通宵夜谈。 又怕主人家的院落太小，被一下子撑破大门楼。

今天晚上有月亮，主要的活动都安排在夜间进行。 家家户户咣咣当当关上大门，山村初步入静的时候，我们一行人悄悄离开寄宿的院子，在心里捂压着蹦跳的兴致，潜入净洁而温爽宜人的夜色之中去。

一轮圆圆的月亮，像一盏大大的用黄纱糊的灯笼，升上前边山头。天空像个镶缀无数亮点的宝蓝色的金属壳，人如果淘气在山尖上蹦个高，举手弹弹，能够听见当当的响声呢。 两个年轻的女子从弯弯的山路上下来，一边走，一边嘴上咯啦咯啦说话，必是说到许多开心的地方，不时听见她们咯咯笑。 她们每人臂弯上挎个编花的筐篮，惹人想象，那篮中也许提了火种或者天烛之类光明的东西，她们才用那些，刚刚在山顶上把一盏天灯点亮。 两个女子一个丰腴，一个苗条，她们的好好的腰身从夜游的人面前经过，两伙的人各自向路边让让。 说笑的人戛然把话和笑憋回去，刺刺地咽进嗓子眼，或是痒痒地暂时含在口中，她们眼睛火辣辣地蜇生人一眼，胯那样有分有度地闪几下，隐进小巷深处。 影儿已经不见了，把一串开了闸的响亮的笑声隔墙给你扔回来，那么撩人，在这样无边的春天的透明的夜气之中。 人就宁愿信了，她们刚从月亮那里下来，一定把亮亮的光光的东西拎回家去，今晚，山村之中有两户人家，不用点灯照明吧？ 立于高坎之上，向村中望回去，天和地亮得迷迷蒙蒙，像月亮地罩了一层细纱，又像月辉中被人揉了墨粉，以免它亮得刺眼。 狗，先是一条，后是一群，汪汪咬一通，逗引得村庄远处一毛驴嘎嘎叫一气。 那些声音都是亮的，让月亮照的。

月亮下面的小溪在银粼粼地流淌，贴上耳朵去听，能够听见它们喘息时发出的细细碎碎的水声。 小溪上边散放一溜儿石头，人踩石过溪，样子像扭秧歌。 小溪绕来绕去，人们几次三番扭踩石头。 最后来到一条山沟面前，摆下两条路到对岸去，一条是缓长的坡路，另一条是有几分陡险的小桥。 本来不是一座桥，那是一棵老柳树，夏季下涝雨时拔了根，根部还抓在这岸，树冠却枕在那岸，树干被当成一座好玩的桥梁。 树闭上眼睛假装死了，树身上的枝板不住，绿秧绿管一律露馅地立起来长，被手巧的农人擒住编成两道好看的桥栏杆。 人们借助月光，小心翼翼颤颤巍巍地走过有滋有味的仙人桥，心中得一些成仙得道的体会。

桥头有一个大园田，人们用手打开园门入园，发现这家园田地面积非常大，足足圈进一面山坡，内容丰富。 距离园门数米，有一口老式的水井。 井上安柄花辘轳，辘上盘绕一卷钢丝做的井绳，大约已经闲置了一个冬天。 而井旁电线杆上装了电线和电闸，浇园既可以用人工，又可以用水泵，园主应该是位精干的中年人。 井台南边的隔年菜池子上，规规整整地码几垛庄稼秸。 井台以北则是一片很大的葡萄园，葡萄秧从冬眠的窖里起出，新上的架，灌过第一场春水，水分吸饱长藤，从秧尖亮晶晶地钻出来，扳过一根秧放在舌尖尝尝，经葡萄秧过滤的水不是原来的味了，很清很甜，好像化进白砂糖。 园的主体部分是播种完的农田，垄沟散发出滋润人的生鲜地气，田中栽满梨树。 与村中的不一样，这里的梨园属于中青年的辈分。 树龄越小，挂放的花朵越大，且花瓣肥硕。 同人一理，那些刚开怀刚开花的幼树，如同正值妙龄的女子，披月华春风，比老梨风姿不同。 在这样春夜皎洁的月亮地里，从正面看，一峰峰梨花如雪。 由树背看，那一帐帐素花洁白透明。 有的人忙着借月光为梨花拍照，有人则一边哼一首老歌的优美的旋律，心里想到一些格调十分高雅的古老的诗文。

蓦地，我发现反了月光，梨花蕊心有一簇亮晶晶的东西，从来没有见过，摘一朵花放在口里咂，果然蜜一样甘甜。 原来梨花能够自己酿造一种蜜糖，加上产花粉，所以蜜蜂喜欢来采梨花蜜。

每个人都摘下一朵梨花，品尝梨花糖。 后来有人吮吸一口，说是饮下一盏月光，又饮一盏清风，邀请所有的人碰盏共饮。 离开园田的时候，每个人胸中已经盛下万盏月光与清风，说是今后逢上黑夜可以心亮，行路不再需要用灯照明。 还有主要的，如若你嫌在现代都市之中呼吸了太多的被污染的空气，想到洗心洗肺，那么，何妨像这样选择一个有月亮的夜晚，去乡间梨园走他一遭。 别忘记向老乡讨根麻绳，归时扎紧口儿，携走一腔清风，外添两袖。

面对苍穹

汤世杰

去过一趟西藏。 那里的高山大河，草甸雪峰，寺庙宫殿，都叫人流连忘返。 但真值得西藏骄傲也让人铭记的，还是那里的天空。

孩提时，谁没向往过蓝天，凝望过星空？ 成人了，工作了，关在城里，住楼房，泡灯光，更被纷繁的世事阻隔，我们好像已忘记了天空的存在。 昼夜交替，日起日落，我们既无眼品评明亮的白天，也难以领略美妙的夜色。 至于清晨黄昏，那些如诗如画的时光，真对不起，我们大多也是或漫不经心或无可奈何地，把它们断送在了早起匆忙的洗漱和赶路、晚归时疲惫的脚步与对晚餐和电视的渴望之中。 我们确已有些麻木，偶尔向天空瞥上一眼，关心的也只是天气的好坏，看看要不要添衣服或带伞，目光就颇为功利。 理由当然也是有的，事业、工作、奋斗、生意、应酬、算计，我们实在是忙碌得很，于是油盐酱醋，汗水泪水，甚或声色犬马，洋酒咖啡，便把我们的日子泡得走了形，变了味儿。 我们淡漠了天空，天空也疏离了我们。 有时夜半醒来，竟然想不起头一天到底是阴是晴，更别说天空是什么模样了。

在西藏的那些日子就大为不同了。 不管走到哪里，天空都就在你的身边，一不留神，你就会跟它撞个正着。 信不信由你——几乎每时每刻，你都得准备好面对苍穹，接受它的注视回答它的询问。

离拉萨不远的拉萨河河心岛上，有片草甸，我曾在那里作片刻假寐。 起初醉心的，是草甸的碧绿和柔软，偶一睁眼，看到的却是那片苍穹。 阳光如瀑，倾泻而下，穹庐似顶，笼罩四野。 熠熠光晕使苍穹显得既无边遥远又近在眼前，我感到了它的温暖乃至灼热，它的慷慨以及富有，随意送来个小小的太阳，那在茫茫宇宙中原本算不得什么的，竟成就了地球上的文明，让人类享用至今。

在羊卓雍措湖边海拔五千米的山上，我们原先渴盼的是那一泓碧水，但真正让人震撼的，仍是那片澄蓝透明的天宇。 群山巍峨，雪峰高耸，但在苍穹下，它们似乎都变小变矮了，远远退到天边；惟苍穹近在咫尺，仿佛伸手就能碰到。 不远处有个缓坡，穹顶似就在那浑圆的山坡上方，离我也就百来米的距离。 我遂大喜，执意要去叩拜参悟。高山缺氧，步履维艰，等我一步步挪到那里，穹顶又移到了前面。 低头一看，天更开阔，也更其俊美，似乎只要纵身就能跳进那片澄蓝，融进那无边的清澈与纯净。

日喀则暗蓝的夜空如同巨幅锦缎，有着惊人的华美与璀璨：星大如斗，晶光四射，河汉闪烁，俨然"天上的街市"，其壮观，其迷人，绝不输于大都市夜景的辉煌。那时的天穹难以界定，说是浅近，却又深邃无底，说是冥寂，倒似喧然有声，看上去清澈如水，其实却神秘莫测。我在那片星空下伫立多时。与夜之苍穹的长久对视，让人既心绪宁静，又魂魄飞动。你似能听见宇宙深处杂沓的足音，听到未来世界发出的轻柔而又让人为之一振的呼唤。良久我才明白，那声音似乎既来自遥远，又来自自己的内心。

苍穹是美丽的魔镜，它让人既看到自己，又能看到世界。面对苍穹，人会哑然失语，也会思绪万端；会以为自己成了抽象与空壳，也会感到自己心的轰响血的奔腾。你会想起喇嘛寺里向着苍穹吹响的大法号，据说那是人间唯一能凭借自身的沉郁空蒙直抵宇宙中心的乐音；也会想起端坐于佛像前终日诵经的僧人那苍茫的眼神；想起一路叩着长头前往圣城拉萨朝佛却殁于半道，仍仰头凝望上苍的朝圣者遗憾的目光；你还会想起一道偈语般裸陈于苍穹之下，被时间的长河漂洗成惨白的牦牛的尸骨，也会想起与长空漠野浑然一体不可分辨的一切——那歇息在半山唱着牧歌的牧人，翻飞于其间俯视大地的兀鹰，整个藏民族，整个人类的历史与未来……

苍穹是沉默的智者，它会向人讲述一切，也讲述它自己。面对苍穹，一些东西正向你心中涌入，一些东西又从你身上离去。转瞬间你会把人世忘个精光，也会揪心地思念亲人思念朋友；你会切齿痛恨虚伪狡诈贪婪与不公，也会扪心自问你是否真的还裹有良知理想与正义；你会把功名荣耀与权力看得分文不值，又会渴望在某种新境界里重建真正的功勋。你会感到虚无，又会清楚不过地意识到你和你所置身的这个世界的真实；你会觉得人生如梦，同时又领悟到生命如诗；你当然还会嘘叹人的渺小，同时又会为你身为冥无声息的宇宙中唯一会思考的生命而骄傲。

面对苍穹，对苍穹的赞美和感激之情会油然而生。造就和照亮我们生命的阳光来自苍穹，滋润和养育世界万物的水分也来自苍穹；大智大慧大喜大忧，大慈大悲大彻大悟统统来自苍穹。苍穹是我们永恒的屋顶，苍穹下是我们世代的家园。我们用"天长地久"祝福爱情，用"海阔天空"极言博大，用"天设地造"赞颂完美，用"天理不容"斥责罪恶——我们借助的都是"天"，都是苍穹。或许，苍穹正是我们智慧的渊薮，力量的源头，也正是人的归宿。

这还真不是一种臆想。藏族对天的尊崇自不用说。就在云南的北部，在金沙江边，玉龙雪山下，古称"摩些"的纳西族，至今也还保留着"祭天"的古俗。纳西民间有这样两句话："纳西美布迪"，即"祭天是纳西人最大的事"；"纳西美布若"，即"纳西人是祭天的子民"。与汉民族及其他民族祭拜天地的活动不一样，纳西族的"祭天"完全属于一种原始的自然崇拜。在以纳西族古老的象形文字——东巴文记载的经典中，纳西族的"天神"全无社会属性，也绝不是"王权""天子""国家"等等概念的神格化，而是由天空自然神直接转化而来的，尽管它最终也被人格化，有了人的姓名和性格特征，也仍然是与大自然浑然一体的人，不是那种社会属性很强的人。纳西祭天古歌《蒙增·查班绍》中唱道：

"在最古最古的年代，从高处首先出现斯布班羽(天神的称谓。下文中的遮劳阿普为天神的另一名字——笔者)的天。这天是能遮盖整个大地的天，这天是像一顶斗笠高悬在上界的天，这天是空阔而透亮的天，这天是有着阳面和阴面的天，这天是铺着九层云棉的天，这天是闪着大颗亮星的天，这天是早起太阳暖照大地的天，这天是晚间月光照亮大地的天，这天是遮劳阿普的天，这天是身材十分魁梧的天，这天是两肩宽阔匀称的天，这天是衣冠齐整的天。"

有意思的是，经民俗学者考证，纳西族祭天的具体内容、祭祀的时间、方法、经过、祭坛的设立、祭品的准备、牺牲的处理等等，都与汉民族周代的祭拜天地如出一辙。这不仅证明东巴文化与中原文化有着同根同源的某种渊源关系，也说明汉文化中也曾有过类似的祭天活动，遗憾的是这类活动在文献中记载不多，也早已失传。这，简直就有点自绝于天的味道了。

便想，纳西人在祭天时想到了一些什么呢？面对着浩浩苍穹，他们一定从中获取了某种力量、智慧和启示，也获得了某种宁静与博大吧？

……从西藏回来已经好久了，才猛然想到，可惜并非我们身处的每个空间，都有那般澄碧、深邃、阔大的天空。我们自然也没有必要都像纳西人那样，去设立祭坛，举行"祭天"活动。但记得有人说过比大地宽阔的是海洋，比海洋宽阔的是天空，而比大地、天空、海洋都宽阔的，是人的心灵。国人自古也有"天人合一"之说。那么，请面对苍穹吧！或许面对苍穹，就是面对生命，面对自己，面对人类的未来和良知……

1992. 11. 12 于昆明

走在大冰河上

董子

在大自然的山水间，一个人当他的目光被深深地吸引时，当他为之怦然心动时，他与自然的交流就已经开始了！

这是东北最有名的一条江，白山中的黑水。

虽然已是四月，可它仍然被严寒攥着，江水结成冰霜，使江面银光闪耀，它成了一条宽阔的、望不到头的硬邦邦的河。 仿佛是一刹那间被冻住的，这江仍保持着它流动时千百种扭动挣扎的姿态，凝然中还露出狂荡不羁、豪迈粗放的气势。

那是在北极村的一天傍晚，吃过饭我们就出了村子，走过一座小木桥，就到了黑龙江江边，沿着坝上的一道豁口，我们径直走到了这条遥遥漫漫、浩荡东去的大江之上。 站在江上，好像自己也生出了气势和气派，两只脚跟两只吸盘似的，汲取着大江的能量，一时间，你真的相信自己正被一种神力灌注着，被一种精气充满着。

我们一前一后地向东走，这江就是一只正在沉睡的庞然大物，因为它睡了，我们才有得机会靠前，去触摸它，仔细地端详它。 站在它身旁，才惊奇地发现这江水生出的奇迹，它的细微处却是那么千奇百怪、变幻无穷，几乎没有雷同之处。 大自然的美就是人无力想象的美，也是无法言状的美，只有身临其境才能感应得到。 江上有的地方平滑如镜，下边映衬着各种各样雪花的图案；也有一些地方是悬空凸起的冰凌，造型不同的雪雕，它们像一只奔逃中的狗，一队扶老携幼的人群，一丛丛小树林，一片沼泽或汪洋……江上有的地方，只结了一层薄冰，上边还布满了被雨淋打的网眼，下边才是结实的冰面，走着走着，你就突然脚踩空，还以为是掉进了冰窟窿里，吓出一身的冷汗来。 江心的冰冻得才有气派，有的跟楼房样巨大，从江里边冒出来，支棱在江面上，结了一层雪沙，风一吹，雪沙还在流动。 在这些大块大块的冰群里，有些就是透明的冰，就是深绿色的江水直接冻成的，它们的透明，可以令人想象当时江水的清澈。 那些冰，就像是从集装箱里倒出来的一堆玻璃板一样，贴到跟前，能觉出一丝丝冷气从里边透出来，让人又清醒又亢奋。

在大自然的美态中，你会觉得那是一个比人更聪明、更智慧的精灵创造出来的，她在创造的时候，可不像人那样呕心沥血、殚精竭虑，她只是一时兴起，顺便地、任意地造化了一下，就创造出了人想象不出、能力不及、美轮美奂、精彩绝伦的事物。 完美只存在于自然之中，自然，永远都是我们学习美，模仿美，创造美的典范。

江两边已经暗了，也很寂静，见不到一个人影。江上游的红毛柳林，像一道密实的墙，又像一道霞光，低低地挂在江岸上。红毛柳后面，是一片片白桦树，她们像一团团白色的风、白色的雾一样，缭绕在山间。太阳已经落了，一片绯红的霞光还留在天边，这霞光的背后是一片光芒的透影，它既不炫目也不暗淡地衬出远方的山和远方的树。在那两座山相连的地方，有一座更远的山罩在绯红中，黑龙江水就是从那中间流出来，一直流到我们的脚下。

走过的路，罩在朦胧里，罩在浅浅的夜色里，又开始变得陌生，好像我们不曾走过，不曾看个仔细一样。而东方，天色还亮着，越来越开阔的江面还泛着白光，望向远方，天地更壮阔，江山也更雄伟。

开江，是黑龙江最为壮观的时刻。很可能就是在某一天深夜，封冻了一季的江水，终于抵挡不住温暖的春意，已经凸起了一个个冰泡的江面，纷纷爆裂，"开江了！"人们在黑暗中倾听着江上传来的"隆隆"声响，春天，在南方是伴着和风细雨悄无声响地来到的；而在中国的最北方，春天就是这样在一个轰轰隆隆的开江之夜，一下子就到了。开江之后就要跑冰排，也许要跑几天，也许要跑几个星期，这时的黑龙江就像是在为冬天举行声势浩大的告别游行，春天就站在两岸，欢送冬天的远去。

第三辑

一个山谷一个太阳

信物

舒婷

　　自从四姑婆、六叔公及尾仔婶相继去世之后，祖父这一辈的乡下亲戚终于绝迹。

　　四姑婆浆洗窸窣作响的西洋布衣裾，大脚板上套着手绗黑布鞋，鞋面上绣蝶儿沾着泥；六叔公被土烟叶烧哑的嗓门和土得掉渣的乡音；尾仔婶簪在发髻上穿成璎珞的玉兰花，混着刨花水的味道。 这些已遥远而亲切，好像童年看过的布袋戏中的趣人儿，背景是神秘的深邃辽阔的闽南小平原：稻田、菜地、水车、乌瓦白墙、竹篱小木门、屋前屋后招蜂惹蝶的果园子。

　　现在街上卖的漳州芦柑，都套在俗不可耐的红塑料薄膜里，表面看去颜色依旧，吃到嘴里一股保鲜剂的怪味。 四姑婆挽在臂弯的腰形大藤篮里，一个个大芦柑天生丽质，还带着一两柄蒂叶，叶片被清晨的露水洗得油绿。 一剥破皮，香气四溢，激得眼睛都睁不开。 且不用说果瓤如何娇嫩欲滴，就连柑皮丁儿，撒在元宵汤圆里，或者拌在年糕里上蒸屉，画龙点睛，分外地提神开胃。

偶尔在小摊上，见到卖粽叶粿子，眼眶一热，有点近乡情更怯的犹豫不决："是鼠壳龟吗？"摊主是个十三四岁的女孩子，茫然摇头不知什么是"鼠壳"。 鼠壳菜是一种野生植物，曾问过老人，都说没有学名。 下田埂时顺手采两把，洗净剁碎，放在石臼里和糯米一起捣，做成的米粉团呈碧绿，捏进花生芝麻糖馅，有时也做肥肉霉干菜馅，裹以新鲜粽叶蒸透，分外香糯，却不粘牙。

南方总是把糯米粉做成的粿糕，称作"龟"。 尤其天公做生日，"鼠壳龟"是供品之一。

于是，天公做完大生日，我就过小生日。 外婆床底下的漆篮里满满几层鼠壳龟。 上学前我弓腰蛇行到午眠正酣的外婆床沿，伸手抓两块雀跃而去，班上女同学守着巷口，各掰一块解馋。 外婆怕我吃坏肚子，而我永远没吃够。

然后是炊米糕，雪白松软，染色的爆米花点红缀绿，芝麻杂陈。

然后是元宝形的嫩菱角，是糖炒栗子，是碱粽和贡糖。

然后，是无所依托的乡思。

曾带三岁儿子到石狮乡间访友。 孩子突然连跑带跌，来抱住我的腿大喊："妈妈，老虎来了！"原来是拖着肚皮吭哧吭哧的老母猪。 我携着他的手，给他介绍番鸭、火鸡和山羊，指给他看挂在树上的荔枝，地里长的小葱白菜。

儿子八岁时，我们带他去张家界，在山间小道上向挎着小竹篮的农妇买一块红糖糍粑。儿子追问不休：糖怎么是红的？做成点心怎么又变黑了？看着儿子香甜地啃着乡下土产，我不无悲哀地想：我们再不会有乡下亲戚，儿子这一辈，就要与土地断根了。

表姑、表舅和堂叔们，和他们众多的子女，都已散落四方。即使有几位留驻老家，老家也已经是水泥马路钢筋建筑了。都市的膨胀发展，像滚滚泥石流，转眼就吞没了乡村和田野。阳光因粉尘和废气而稀薄苍白，贵如油的春雨酸蚀了大街上疲惫的行树，花园和绿地被一再修剪得毫无个性。月色不复清凉如水银泻地，好不容易在高层公寓之间挤下窄窄一道光带，也被霓虹灯篡改得面目全非。

土地在水泥下面喘息蠕动的声音有谁听见？田鼠的巢穴里来不及脱逃的幼崽沉睡不醒，被窒息的泉眼顶着最后一个透明的水泡，犹如一双无辜的不瞑之目，数不尽的草籽儿、花籽儿、榕根与竹根，把诉状递在噩梦的黑夜里，让人翻来复去，身下都是一片蜇疼不宁。

我徒劳地在花盆里，栽培一丛叫鼠壳菜的信物。

写给母亲

贾平凹

　　人活着的时候，只是事情多，不计较白天和黑夜，人一旦死了日子就堆起来；算一算，再有二十天，我妈就去世三周年了。

　　三年里，我一直有个奇怪的想法，就是觉得我妈没有死，而且还觉得我妈自己也不以为她就死了。 常说人死如睡，可睡的人是知道要睡去，睡在了床上，却并不知道在什么时候睡着的呀。 我妈跟我在西安生活了十四年，大病后医生认定她的各个器官已在衰竭，我才送她回棣花老家维持治疗。 每日在老家挂上液体了，她也清楚每一瓶液体完了，儿女们会换上另一瓶液体的，所以便放心地闭了眼躺着。 到了第三天的晚上，她闭着的眼再没有睁开，但她肯定还是认为她在挂液体着，没有意识到从此再不醒来，因为她躺下时还让我妹把给她擦脸的毛巾洗一洗，梳子放在了枕边，系在裤带上的钥匙没有解，也没有交代任何后事啊。

三年以前我每打喷嚏，总要说一句：这是谁想我呀？我妈爱说笑，就接着说：谁想哩，妈想哩！这三年里，我的喷嚏尤其多，往往错过吃饭时间，熬夜太久，就要打喷嚏，喷嚏一打，便想到我妈了，认定是我妈还在牵挂我哩。我妈在牵挂着我，她并不以为她已经死了，我更是觉得我妈还在，尤其我一个人静静地待在家里，这种感觉就十分强烈。我常在写作时，突然能听到我妈在叫我，叫得很真切，一听到叫声我便习惯地朝右边扭过头去。从前我妈坐在右边那个房间的床头上，我一伏案写作，她就不再走动，也不出声，却要一眼一眼看着我，看的时间久了，她要叫我一声，然后说：世上的字你能写完吗，出去转转么。现在，每听到我妈叫我，我就放下笔走进那个房间，心想我妈从棣花来西安了？当然房间里什么也没有，却要立上半天，自言自语我妈是来了又出门去街上给我买我爱吃的青辣子和萝卜了，或许，她在逗我，故意藏到挂在墙上的她那张照片里，我便给照片前的香炉里上香，要说上一句：我不累。

整整三年了，我给别人写过了十多篇文章，却始终没给我妈写过一个字，因为所有的母亲，儿女们都认为是伟大又善良，我不愿意重复这些词语。我妈是一位普通的妇女，缠过脚，没有文化，户籍还在乡下，但我妈对于我是那样的重要。已经很长时间了，虽然再不为她的病而提心吊胆了，可我出远门，再没有人啰啰嗦嗦地叮咛着这样叮咛着那样，我有了好吃的好喝的，也不知道该送给谁去。

　　在西安的家里，我妈住过的那个房间，我没有动一件家具，一切摆设还原模原样，而我再没有看见过我妈的身影，我一次又一次难受着又给自己说，我妈没有死，她是住回乡下老家了。今年的夏天太湿太热，每晚被湿热醒来，恍惚里还想着该给我妈的房间换个新空调了，待清醒过来，又宽慰着我妈在乡下的新住处里，应该是清凉的吧。

　　三周年的日子一天天临近，乡下的风俗是要办一场仪式的，我准备着香烛花果，回一趟棣花了。但一回棣花，就要去坟上，现实告诉着我妈是死了，我在地上，她在地下，阴阳两隔，母子再也难以相见，顿时热泪肆流，长声哭泣啊。

不褪色的迷失

赵丽宏

我的才八岁的儿子，一次看他刚出生不久的一张洗澡的照片时惊讶地大叫："什么，我那时那么年轻！ 连衣服也不穿呐！ 啊呀，太不好意思啦！"

我一边为儿子的天真忍俊不禁，一边也有同感产生。 是啊，我们都曾经那么年轻，那么天真，那些发黄了的旧照片，会帮我们找回童年或者幼年时的种种感觉。

我儿时的照片留下的很少，就那么两三张。 有一张一寸的报名照，是不到三岁时拍的。 照片上的我，胖乎乎的脸，傻呵呵的表情，眼睛里流露出惊恐和疑问，还隐隐约约含着几分悲伤……看这张照片，我很自然地回忆起儿时的一个故事，那是我最初的记忆之一。

那是我三岁的时候，有一次，跟父亲出门，在一条马路上走失了。开始还不知道什么叫害怕，以为父亲会像往常一样，马上就会出现在我的面前，将我抱起来，带回家中。然而我跌跌撞撞在人群中乱转了很久，终于发现父亲真的不见了。我充满惊悸的大叫引起很多行人的注意，数不清的陌生面孔团团地将我围住，很多不熟悉的声音问我很多相同的问题……然而我不愿意回答任何问题，因为我以为是父亲故意丢弃了我，我无法理解一向慈眉善目的父亲怎么会就这样把我扔在陌生人中间，自己一走了之。我以为我从此再也见不到自己的父母了，小小的心灵中充满了恐惧、悲哀和绝望。我一声不吭，也不流泪。被人抱着在街上转了几个小时之后，有人把我送到了公安局，一个年轻的女民警态度和善地安慰我、哄我，给我削苹果。另一个年轻的男民警在一边不停地打电话，听他在电话里说的话，我知道他是在帮我找爸爸。我在女民警的哄劝下吃了一个苹果，然而心里依然紧张不安。眼看天渐渐地暗下来，还没有父亲和家里的消息。我呆呆地望着窗外，恐惧和惊慌一阵又一阵向我袭来。尽管那位女民警不停地在安慰我："你别急，爸爸就要来了，他已经在路上了，过一会儿，你就能看见他了！"但我不相信。我想，父亲大概真的不要我了，要不，他怎么天黑了还不来呢？

就在我惊恐难耐的时候，女民警突然对着门口粲然一笑，大叫道："瞧，是谁来了？"我回头一看，父亲已经站在门口。

我永远也忘不了父亲当时的模样和表情。他那一向很注意修饰的头发乱蓬蓬的，脸似乎也消瘦了一圈。当我扑到父亲的怀抱里时，噙

在眼眶里的泪水一下子夺眶而出，委屈、激动、欢喜和心酸交织在一起，化作了不可抑制的抽泣和眼泪。 当我抬起头来看父亲的时候，不禁一愣：父亲的眼睛里，也噙满了泪水！ 在我的心目中，父亲是不会哭的，哭是属于小孩子的专利。 父亲的泪水使我深深地受到了震动。父亲紧紧地抱住我，口中喃喃地、语无伦次地说着："我在找你，我在找你，我找了你整整一天，找遍了全上海，你不知道，我是多么着急……"

此刻，在父亲的怀抱里，我先前曾产生过的怀疑和怨恨顷刻烟消云散。 我尽情地哭着，痛痛快快哭了个够。 哭完之后，我才发现，那一男一女两位警察一直在旁边微笑着注视我们父子俩。 这时，我又不好意思地笑了。 那个男警察摸着我的脑袋，笑着打趣道："一歇哭，一歇笑，两只眼睛开大炮……"这是当时的孩子人人都知道的一首儿歌。于是我们四个人一起笑起来。 从公安局出来，父亲紧拉着我的手走在灯光灿烂的大街上。 他问我："你想吃什么？ 我给你买。"我什么也不想吃，只想拉着父亲的手在街上默默地走，被父亲那双温暖的大手紧握着，是多么安全多么好。 然而父亲还是给我买了一大包好吃的东西，我一路走，一路吃。 走着，走着，经过了一家照相馆，看着橱窗里的照片，我觉得很新鲜。 长这么大，我还没有进照相馆拍过照呢。橱窗里照片上，男女老少都在对着我开心地微笑。 我想，照相一定是一件很有趣的事情。 父亲见我对照片有兴趣，就提议道："进去，给你照一张相吧！"面对着照相馆里刺眼的灯光，我的眼前什么也看不见，父亲又消失在幽暗之中。 于是我情不自禁又想起了白天迷路后的孤独和恐惧。 摄影师大喊："笑一笑，笑一笑……"我却怎么也笑不出来，当快门按响的时候，我的脸上依然带着白天的表情。于是，就有了那张一寸的报名照。在这张小小的照片上，永远地留下了我三岁时的惊恐、困惑和悲伤。尽管这只是一场虚惊。看这张照片时，我很自然地会想起父亲，想起父亲为我们的走散和团聚而流下的焦灼、欢欣的泪水。父亲在找到我时那一瞬间的表情，是他留在我记忆中的最清晰最深刻的表情。从那一刻起，我知道了，父亲和孩子一样，也是会流泪的，这是多么温馨多么美好的泪水啊……

照片上的我永远是童稚幼儿，可是岁月却已经无情地染白了我的鬓发。而我的父亲，今年83岁，已经老态龙钟了。从拍这张照片到现在，有四十年了。四十年中，发生了多少事情，时事沉浮，世态炎凉，悲欢离合……可四十年前的那一幕，在我的记忆中却是特别地清晰，特别地亲切，似乎就在昨天，就在眼前。岁月的风沙无法掩埋儿时的这一段记忆。当我拿出照片，看着四十年前我的茫然失措的表情，不禁哑然失笑。四十年的漫长时光在我凝视照片的一瞬间消失得无影无踪。哦，父亲，在我的记忆里，你是不会老的。看到这张照片，我就仿佛看见，你正在用急匆匆的脚步，满街满城地转着找我。而我，什么时候离开过你的视线呢？

前些日子，我和妻子，还有我们九岁的儿子，陪着我高龄的父母来到西湖畔。久居都市，接触大自然的机会越来越少，我想陪他们在湖光山色中散散心，也想在西湖边上为他们拍一些照片。在西湖边散步时，我向父亲说起了小时候迷路的事情，父亲皱着眉头想了好久，笑着说："这么早的事情，你怎么还记得？"我说："我怎么会忘记呢？永远也忘不了，你还记得吧，那时，你还流泪了呢！"

父亲凝视着烟雨迷蒙的西湖，久久没有说话。 我发现，他的眼角里闪烁着亮晶晶的泪花……

1993 年 5 月 15 日于四步斋

叩问远方

孙月沐

　　韶光飞渡，倏忽又是一年。 一切都像去年此刻：窗外的鞭炮声，二环路上虽然骤少可仍不绝如缕的车辆，正面白塔寺及寺下让岁月着了色的北京民居，民居上缭绕的炊烟与白鸽。 鸽哨听不见，但十点钟的太阳分明一如去年的温柔和光明，抚摸着我的右颊，亲舐着我拿笔的手以及手下面的稿纸。 值班室里的挂历分外醒目：是农历 1993 年了；是那种诗人们特爱吟咏的"一唱雄鸡天下白"的癸酉年。

　　春节，我仍值班，已经值了六年。 按报上表彰先进的口气，应是连续六个春节都在班上度过，以社为家之类的浮词。 自从调到这个报社，还真的这么过来了，报社三易社址，但值班不变。 今年又让我值，安排在初三，我就说，仍值初一，上午。 于是，我又经受了一次有些人也许永远没有经受过的那种感觉。

值班室在十二楼，面向东南的一间屋，朝南朝东皆落地大玻璃窗。因而，最大的感受莫过于那种"一览众山小"的情调。 去年就写了篇《俯瞰人生》，很激情，很投入，很气魄。 而今又是一年，仍坐在此窗前，仍铺此稿纸，目光向前望去，就不期然而至地想叩问我心中的那一站站远方。

想起我在南方的父亲，想起长眠地下的母亲，昨天下午，在老家县医院值班的妹妹妹夫来个长途电话，自然又谈及老人。 这一年又平安度过，而这"平安"中又有多少老人的艰难以及亲人的艰辛。 父亲年龄并不很大，还不到古稀之龄。 前半生过重的生活担子压得他身心交瘁，为了孩子们，不到退休年龄退了休，下来便长年生病，长年住医院。 妹妹电话说，刚刚又有两次危险，抢救了过来。 远方游子，又无法尽孝了！ 就算能一年两年回去一次，有那么一种心的距离能够拉远为近吗？ 我惘然，我默然。

母亲，更是到了一个更远的地方。 上大学那年，五十多岁的母亲，在受了十四五年心脏病等多种疾病的摧残折磨后溘然长逝。 之于我，唯一安慰的，是老人家在逝世的前两天看到了我上大学的通知书。这是母亲一个极大的愿望，换句话说，也许她是看到了她的希望成真才飘然远去。 很多人都写过母亲，亲情绵绵，催人泪至，而我的母亲，显然是那种可以大写特写的一类。 上学时，我对送我远行的本家堂哥激动陈词：我一定写下我的母亲。 岁月悠悠，时光远去，缅怀却总藏在心底。 我有时悚然：难道远去的时光能够远隔我们的许诺和信守？

　　也许人生就是一站一站努力前行，于是近了、亲近了一些更为现实的东西，远了、疏远了一些渐行渐远的物事。 但是，无论如何，心灵上却永远铭刻着一些抹不去的遥远的记忆。 去年冬天，去哈尔滨参加一个会议，会上热情的东道主应我的要求，安排我对漠河进行了一次采访。 按说，这是一次远行——漠河县的漠河村，是中国地图上最北的一个村落。 我们的车子四五辆，穿越白桦林，穿过厚厚的白雪，穿过冬日的严寒、冷风，一直驶到乌苏里江边。 我们在当年为慈禧太后进贡珠宝的金矿边凭吊，在养老院炕上同老态龙钟的晚清时淘金工聊天，同村最北边的一户男女主人合影，我们坐上雪橇，马儿驮着我们驶入乌苏里江的冰面。 我入神地听加格达奇宣传部的二位部长讲大兴安岭的大火，讲大火中人的故事与吓人的故事；在软卧车厢，听《大兴安岭日报》的记者讲林场工人的豪壮与鲁莽，讲鄂伦春、鄂温克人的异族风情，甚至，我还有幸听到陪同我们的地委宣传部的一位部长，讲他的几个令人心情久久不能平静的真实的长长的爱情故事……

　　于是，我感动，激动，动心，发誓要写大兴安岭，写漠河，写下上述的种种平凡和离奇，写下远远的地方那些远远近近的故事……一年远去了，还是未了却这个心愿。 现在，我只好借此大年初一良辰美景，向遥远的漠河以及那次远行中遇到的所有帮助我的人，寄上一个遥远的问候。

　　我有一个亲戚，确切地说，是我夫人的弟弟、弟媳，在美国，加拿大；我有一个朋友，特好的文友，许锦根氏，在美国；我还有出了"五服"、未出"五服"的本家爷辈，弟妹辈在中国台湾、日本；……少次，我心里说，写封信，给远方；但是，事过境迁，远去的，是我的这类决心和岁月。 哦，岁月。

最远去的莫过于童年。 我的童年不是在我的老家过的，六年级以前，都跟随父亲在另一片土地成长，虽然这片土地同我故乡同属一个县，相隔也不过几十公里。 但是，三十年前，那可是一段遥远的距离！ 于是，童年，便和那块土地结缘。 记得那些沟河港汊，那些风车、水田和田塍上盘着的水蛇，记得飒飒风中被我们点着了的沟边蓑草在燃烧，而我们一帮冻得流鼻涕的孩子在抚掌大笑，乐以忘忧，记得闪烁的萤火虫及闷燥夏夜乱坟岗上的飘忽的"鬼火"。 三十多年过去，弹指一挥间。 如今，湮没了，我的童年的那个苏北小村，是否仍然健在？ 时有游子寻根之念，但始终未能成行。 难道，我还要再等30年，才能、才有时间去问候童年的时光？

有时候和妻子执手相忆：结婚是哪年来着？ 去南京上海黄山普陀山绍兴喝加饭酒吃大螃蟹睡农民旅馆买村妞鸡蛋而嘻嘻哈哈痛痛快快旅行结婚是哪一日启的程哪一日返的京？ 儿子是在路上有的还是回北京才有的？ 如此等等，是非常温情温馨温柔的一忆，可是又不免惆怅：我们对远去的东西何以如此不加留意？

当然还有另一种远方，与"前途"是同义语，譬如"远方在召唤"啊，"奔向远方"啊，如此等等，憧憬前面的辉煌，向往明天的路向：做一身新裙子，烫个新发型，买更好的巴黎的香水，这是女人的；要新牌子的果茶，玩新出的变形金刚，这是孩子的；而更多的，是名啊、利啊的幻想。 当官么，下海么，办公司么，出国留洋么。 路，总是往前走，因此，远方，这一类远方总像另一种"万有引力"。 引着更多的苹果向那里飘落。

　　那么，就有了两类远方。 我站在十二楼的值班室里，我的身后，我的面前，（甚至包括我的左边，我的右边）都有我们不应遗忘的远方。 而这两个远方常记心中，我们的人生路线就会格外格外地绵长……

　　面前有一本值班记录，翻一翻，感慨良多：春节、"五一""十一"、元旦，我们在此间值班，我们在值班本上记录下当日的有事或无事，看似平常、平凡，但才隔一年，两年，三年，再回过头去又翻，看看，便在胸中涌上千种感绪，万样情怀。 世界也许原本是这样：不管我们有意还是无意，我们都在今天，身后有远去的，前面有远来的，是平凡，是生活，也是伟大，是历史，是如甲骨文金文石鼓文一样虽远去但并未远逝的片片页页，总会有人忆起，总会有人惦记，总会有人追索，总会有人向往……

　　有鉴于此，我虔诚地叩问远方，叩问远方。

一个山谷一个太阳

母碧芳

八岁的儿子怎么能画出这样一幅画：在一片连绵起伏的群山中，每一个山谷里都装着一轮太阳。那些太阳或圆或缺，或大或小，或高或低，形态迥异，画的右上角还歪歪斜斜题着八个字：一个山谷一个太阳。

"太阳不是只有一个吗，儿子？"

"不，妈妈，东山有东山的太阳，西山有西山的太阳，北山有……"儿子鼓着圆圆的眼睛，不容置疑地回答我。

是的，不容置疑：一个山谷一个太阳，不论东西南北，不论过去现在将来。面对阳光下这轻的童心，这无意无识能穿越时空的启迪。我陡然抖开心灵的画布，一直抖向我的童年。

那时，我也才儿子这么大，住在川西北群山深处北川县城，朝朝暮暮都习以为常地面向房前屋后的山谷迎送一轮朝升夕落的太阳。可是，有一次，我随大人去山里走亲戚，却突然有了新发现。那亲戚房前屋后山谷里升落的太阳怎么和小县城的不一样呢？相比之下，这里的太阳好像更明净、更清晰，离人更近些。于是就去问大人：太阳有几个？大人说：太阳只有一个。而且还说在哪儿都是一样的。我不信，噘噘嘴，耿耿地怀揣着这混沌初始的疑问。

后来，我上北川中学了。学校依旧坐落在一个山坳里，我们依旧伴着日出日落。那时学校里要搞勤工俭学，劳动很多。一周几乎有一半的时间要出去背石块、打猪草、拾柴火。这期间，我又跑过多少山谷啊。每过一个山谷，我都禁不住要望一望：有没有太阳？有没有不一样的太阳？

有一天，我们一大群师生出去背石块，经过一个山谷时，我突然却步，望着一轮冠晕的太阳出了神。"看见什么啦？"带队的老师拍着我的肩头问。"看太阳啦！"我说。"神经病！"老师和同学一起哄笑。可是，没走几步，我又向老师提出了还没弄清楚的那个问题。老师笑了，中学生就提这样的问题？

我开始背着人悄悄地在我少女的情怀中翻拣我的太阳。啊，那些太阳多么可爱，多么美妙！每一轮都是梦，都是诗，都是歌！看她们：有的像人，像人的某一部分，像千万双伸向妈妈的小手手，像一个个少女的初吻；有的像树、像花、像果实；慢慢地发芽，慢慢地绽开，慢慢地甜蜜；还有的像一面悬空的镜子，光亮四射，人人都被它照得睁不开眼，但人人都忍不住要仰望；还有的像一个象征着富有的大金币，或者像一个象征着荣誉的大花环……

可是，当我真正长大成人，当我历经南北辗转，死里逃生，几易其业的酸甜苦辣之后，投射在我眼底的太阳，已远不是来自大自然的山谷，来自少女的胸怀。那从我灵与肉山谷里升降的一轮轮太阳是怎样的绚丽、稳实、强劲、悲壮，是怎样的可歌可泣啊！

那里的太阳从它诞生的那一瞬就是湿漉漉、汗涔涔的，就带着一种垦殖淬火般的艰辛和光荣。

那里的太阳是一个举着火轮的裸体男子。他举着它，利刃般地割切着前方的荆棘，巨尺般地丈量着自己前进的步履。

那里的太阳是一头"困兽犹斗"的野牛，被人射伤后，连舔也不舔一下伤痕，带着箭镞，还挟雷携电地奔它个百里千里。

那些太阳不只是从东边出来，也有从西边出来的。当人们看见一位一边在滴血、在掉泪，一边还挥舞着光耀八方的宝刀，大有叱咤风云、震古烁今力度的长者，谁都会脱口喊出：夕阳出来了……太阳出来了……从西边出来了！

正是因为在这种灵与肉的山谷中的穿巡，我才能面对太阳反复打开自己，把握自己，调整自己。才能做到不论朗朗放晴，还是凄风苦雨，不论是平平坦坦，还是坡坡坎坎，都能潇潇洒洒，不折不挠地去叩开一道道生命之门，在一个个山谷里托起一轮轮属于自己的太阳。

捧着儿子这稚嫩但又寓意深长的童画，我笃信：不论东西南北，不论过去现在将来，不论天晴天阴，不论是圆是缺、是大是小、是高是低、是强是弱，总之，一个山谷有一个太阳。感谢儿子唤起我与太阳半生的情结，一点我那欲通未通的灵犀。

清风

刑庆仁

　　清明前一个礼拜的那天晚上，我梦到了我的祖父、祖母，还有外祖父。祖母乐呵呵地一只手扶着我的肩，对面是村口通往省城的道路。外祖父走在田野的小路上，肩扛一个半截布袋子，现场里我和姨家表哥推着架子车赶来，我让外祖父把袋子放在车上。"这里装些种子。"外祖父说。天亮后，妻子告诉我她昨晚梦见我的父亲了，父亲在餐厅里吃面条。

　　那一早，我一边起床，又不知想说啥，面对镜子，我从心底默默地念着，爷爷、奶奶、外爷，还有我的爸爸，他们在想我了。我以前也常在梦里回到老家，梦到院子里的花椒树、石榴树，开得艳红的月季。

但今天的梦好像不是孩提时的记忆，而是多了一份真实和面对，少了以往的天真和童趣。过去我在家乡的泥土里长大，今天那里的泥土是我的根，我想着，我要回家，回家看看我的祖先，他们躺卧在那块土地里，心里越是这样想，回家的心情越是迫切。

离清明节还有三天，我回到了家乡。我跟着叔父们一起先到祖坟，再到爷爷、奶奶的坟地，老祖坟今天已平整为一片果园，叔父凭着记忆指着一棵树说，就这儿吧。再往前是一道埝塄，塄下种过苜蓿草，花开时遍地都是紫色。姥姥就在这里。我依稀记得姥姥，而姥姥对我的模样却十分清楚，她摸过我的头，抱过我的身体。爷爷、奶奶长眠的土塄旁，曾经长满了大片的野花，名字叫大泡花，颜色殷红。我记得童年的清明节跟在爷爷的身后，手里提着盛满食物的篮子。上了原，走过风中的麦浪，来到祖先的坟前点燃香，烧着纸，祭奠，磕头，再摘几枝柏树，叶子的那种味道一直到今天都留在我身上。

我梦中见到外爷走的那条小路，就是通往他墓地的方向。这之前我是不知道他的安息地的。外爷扛的那半截袋子里应该是豆子或者甜瓜的种子。他知道这是我最爱吃的。外爷的家在金水沟畔，沟底有一条小溪常年流淌。在梦里我曾多少次游过那个肥绿的金水沟。那时的金水沟如今已变了模样，唯有那条小溪还在，但水流变得羸弱了，姨表哥立在门口。

想念祖先，祭奠了祖先，我的内心有了些许的平安。细细回想，我觉得与家乡还有一种牵挂，一种摸不着但能感知的东西，那就是家乡的风。我小时候最怕风，总以为那是鬼魂要抓人。风起时心就晃动，可每次好像总有莫名的东西牢牢地把我吸住，我想肯定是祖先的力量，他们在帮扶我，不管风有多大，不管我走多远或者在任何地方都有他们的支撑。 姥姥坟前盛开的紫色苜蓿花；爷爷坟前殷红的大泡花；外爷家金水沟畔的绿。 那些对祖先色彩的记忆反照在我的生命里，当然也有我的画家爸爸。 正因为那种基因遗传，才构成了我的骨架和血肉，构成了我的品位、格调和选择。

数年后，我的家乡是什么样子，它会消失吗？ 会像老祖坟一样被平为一片林了吗？ 那时再去祭奠故土，祭奠祖先还会有一棵树为印记吗？ 或许已没有了落脚的地方，家园开始荒芜，有着朝气和活力的青年已远离故土。 昔日的肥沃是否还会重显，昔日的色彩是否还会那么斑斓。 如果不能，那就靠梦、靠想、靠向着家的方向祈祷。

第四辑

车无铃

车无铃

程步涛

我对漳州这座古城并不陌生。 因隋代一皇族之人养鹤得名的鹤鸣山，古时曾引来四方名士摩崖题名，现存大小石刻 150 余处，故有"闽南碑林"之称；万松关在堆云岭上，明代英雄郑成功曾在此抗清；唐宋以来的溪州府后楼，清康熙时改建为仰文楼，1932 年 4 月毛泽东率中国工农红军东路军攻克溪州后，曾在此成立闽南人民革命委员会……去这些地方浏览，与在各地浏览名胜古迹所涌泛的情感一样，那些历史的跫音在心海里激起几圈涟漪后，很快便平静下去，唯自行车无铃这件事，怎么也不肯在心中消退。

漳州的自行车没有铃。

那日，到老城的小街上游览。游人很多，加上往返穿梭的自行车，把个小街闹腾得热火朝天。

注意到自行车无铃是走出小街之后，我惊异地站在一旁，看自行车一辆辆地驰过。无论是男是女是老是幼，也无论是新车旧车男车女车，皆无铃！无铃，自然听不到铃声，道路阻塞时，便停下来，不急不躁地等候，待疏通后，再悠悠然鱼贯而去。向一女士打听，为何没有车铃？那女士不解，反问我，要铃作什么？有其他骑车者听见我们的对话，遂插言，漳州不用车铃！

漳州不用车铃！漳州怎会不用车铃？前后左右，铃声一响，相互闪让，岂不方便！若有车少人稀的路段，摁一声铃，脚下猛踏，车风一般向前，那份自在，对骑车的人来说，也是一种潇洒哩。

为了弄明白车何以会无铃，便去了车行。一大溜崭新的自行车明亮得让人目眩，新车上也无铃。问售货员，答道，有铃的，不过是单卖。又说，在漳州，车铃用不上，所以人们买车时干脆不要铃。

还是不得要领。又连续问了几个行人，都一笑便离开了，仿佛我提出的问题不值得他们回答。

终于找到一位慈眉善目的看护自行车的老妪。老妪一开口，竟是一口山东话："同志，人得讲忍性，上班下班，谁不想顺顺利利，那铃铛一响，闹得人心烦。再说，人多路窄，车过不去，按铃也没用，人少了，路宽了，有铃也用不着按，你说是这个理不？"我连连答是。告别老妪，细一想，老妪还是没回答我的疑问。

是晚，住在空军漳州场站，我向场站政委又提出了车无铃的事。政委不假思索，回答我两个字：人和。政委接着道，他在漳州20多年了，漳州人和气，很少争吵，骑车时碰撞了，相互一笑，道一声"对不起"便各自东西。 其他人既不围观，也不起哄。 苦思不解的事被政委一语道破。 人和，自然无争，无争，要那显摆的车铃作甚！

车无铃，人无争，漳州是一股暖流，愿这暖流能早日涌泛所有的地方。

至于自行车，我还是主张有铃的，只是那铃传导的不该是一股子骄横，而是一声浅唱，一阵馨风，给人的是一种永远的生气与友善。

等待水仙

丹娅

　　每年每年，都有个冬天。 冬天的时候，西伯利亚寒流至少南下三次。 一次在年前，一次在年中。 若还有一次，便是在年后。 寒流的日子，日子总是阴天、朔风、淫雨、奇冻。 会把过年的前前后后，恰羁旅异乡的病客，提示得愈加黯淡。

　　无心情做什么事，也不能想什么事，更不愿阅读别个人的人生体验与思维结果。 有时会裹一床猩红毛毯，呆立于阴灰的窗后，咀嚼自己的无能与迟钝。 僵冷首先从趾尖啃啮起，一点点地，慢慢地咬噬腹部、至胸。 僵硬的目力似乎也无法远走，只听窗外的声音，从忘忧谷的深处，急迫地尖啸着，转瞬即逝，空间在这一刹那间悚悚而颤，啸声也由尖利倏然洪泄为震耳欲聋的轰鸣。 它让我想象困兽的奔突与怒号。 它在寒流的日子里，于我的窗外，周而复始，无止无休。

这时，有轻轻的叩门声，犹如叩在耳弦，任是什么声音都淹没不了。 站在门外的人。 有时裸露在凌厉的早晨，有时半隐在走廊的幽夜里，陌生或者有点面熟。 他会捧着四五个奇形怪状的东西对我说，这是寄远君托他捎来的。 是那个地方的上等水仙。 请收好。 不要碰伤芽。 注意花信。 正常生长期是二十四天左右。 赶在这时送来，是为了春节我能看到花开。 我注意到来人说话时口腔呵出的浓淡白气，鼻尖通红。 来人离去后，地板上会留下一些重重叠叠的脚印，怎么也掩不了在糟糕天气里才有的泥泞。

寄远君捎来的东西，像是一种植物块根。 张开五指，托在手掌上刚好。 平生一定深埋于地表之下，根体凹凸处仍附有滋养它的土壤。土壤呈干燥的灰黑色，于自然光下，如静物般折射出幽冥的斑驳，状极丑陋。 这样看着，则想不清这里面许多互相联系着的内容。 最后我终归是随手捡一只大纸袋，把它们小心翼翼归拢起，在屋里东寻西觅一处日常生活秩序活动所不易触及的地方存放。 于是，很快的，它们便被我忘记了。

在一年的其他日子里，倘若恰巧在什么地方碰到寄远君——多年来也就一两次吧，他会问，水仙漂亮吗？ 但我竟至于茫然不知所答。 寒冷的季节，泥泞的天气，困兽般的轰鸣，快若再现。 漂亮。 是漂亮吗？ 大概和智慧、健康力量、爱情、友谊、故土、财富、金钱一样，是人不能满足的愿想，是人永生的困扰，是人真正的单相思。 世上果真有一样东西，譬如说被我弄得已不知去向的丑陋块根，可以在重复出现的因而无穷尽的不适时运里，显示漂亮的生命质量？

年前，寒流再来。此时我正辗转病床，骨痛常令我彻夜难眠。我像只癞皮狗，跪趴于软枕之上，没有哭，然涕泪交加，耳畔全是黑暗中忘忧谷的山吼海啸。有时我看见自己雪被冰床，被一条带着闪闪亮亮的冰碴子的河流，卷挟而去，全身刺痛难当，沉浮于忘忧谷中，不知来何来，去何去。忘忧谷中的沟壑纵横，遍长相思树，自我来此就从未见它凋落。不凋落的相思于似水流年中已经很老了。岁月刮干了它的水伤，老得只剩下植物的纤维与骨脉。它们哆哆嗦嗦挤靠在一起，风声淹没了它们的语言，但我能解读它们的形象与姿势。我知道相思是没有实现的心愿，是平庸中企图的奇迹。恒久的相思情结使我与它们站成一种永远等待的动态。当寒风大作，我们老得发黑的纤维与骨脉吱吱作响，断肢残体望空张牙舞爪，狂飙欲飞，然我们的足则被顽石穿钉，只能徒然做上下撕扯的挣扎与负痛的短叫。沿谷东行约几里地，是白石悬崖。崖石三面浮于相思之上，寸草不生。寒风在此倾入崖下百丈，与太平洋恢宏而铅重的水汇合一起，然后重卷而上。立于崖头，感觉崖腹处一阵阵的掏空。那是风和水的耸动，有着一举掀开崖头的力道。没有同类，没有鸟。冷气直入气管，使我无法呼吸。我感到胸部疼痛，继而是脑颅中电击般的抽搐，继而是风起云涌的巨大轰鸣。我抱头鼠窜，却躲不开这来自体内的声浪。我将住头发——它老得像相思树——猛力一掀，头盖下竟是汹涌的泡沫与黑绿色的霉斑。我惊惧交加，意识到我等待的，不是别的什么，而是一个化为泡沫的我。

即便是做梦游，也痛彻骨髓。

　　年前，寄远君亲自送了水仙来，风雨兼程。 问候我时，白汽绕梁。 人离去后，地板上依稀一溜湿脚印。 我侧目而望，三两个块根就摆放在我枕边的床头柜上，如一幅静物画。 我忽然发现自己很熟悉它了。 闭上眼睛，也能描出它的色泽、线条、形状。 它居然也在我的生命里，重复出现了这么些年！ 这么些年我在此生活，淡泯不了羁居的心境。 我不谙本地语，吃海味老过敏，而小病小灾更是不断。 人说是水土不服，然天底下哪块是我服的水土？ 若有，我愿立刻吞服。 伸手轻轻掰下附在块根上的泥土，托在掌心，细细揉搓。 泥土很干净，很绵，细腻如粉尘。 它似乎是被甘霖滋润透的，又在太阳光底下慢慢蒸化开来的土壤，酥软而带有太阳光与植物甜丝丝的气味。 我的手心传导着这种来自很广大的土地上的温存，它让我极力想起一些，很遥远的又很熟悉的情调。 如我的不知埋葬何处的胎衣，姥姥拢在衣襟下的手炭笼，小巷深处的爆米花，泰戈尔的新月，海顿的小夜曲，塞冈第尼的阿尔卑斯山的中午……缘中人酿造的清酒，埋于千年厚土之下，冰封雪盖，愈持久愈香冽愈醇厚只待我开启品饮！ 蒙面于泥粉中，贪婪地呼吸着，分秒索取着与之而来转瞬即逝的活动场景，我愿意说：生活啊，你的确美丽，请你且住。

　　寄远君人厚道，诚义，做事不喧不哗，实实在在。 最难得的是每年捎我他那块土地上才有的根，像在信守一个根本不存在的诺言。 年前他终于有机会来对我说：再过十天雕刻装盆，一定会在春节开花。 一盆置书桌，一盆置卧室，一盆置客厅，这样家里到处都会很好，你也会很好。 我暗自内疚，他捎来的水仙从未在我的家开放过。 我粗率与浮躁的心性，由此可见一斑。

在骨痛的日日夜夜，我虽颠簸如散舟，但心有所盼，性情反而沉静一些。 在一个夜晚，我分明看见丑陋的块根母体上，悄然轻启第一片嘴唇，吐出第一芽葱白的叶舌，无忧无惧，自在舔向粗粝的夜。 尽管窗外山在摇，水在摇，风啸排阵而来，它却静静地葱绿，拔高、舒展，将一系列完整而神秘的孕果慎重而庄严地烘托于世。

另一个夜，我忽然憎恶所有媚俗的伪劣深刻，选择一个真诚的浅薄，将某种企盼系在水仙降临的极限上。 我在做积极的无为等待。 在等待中感觉我们一脉相通的殷切与喜悦，如孕妇般。 孕果日日饱满，充满象征的半圆弧线发育得十分优美，细腻。 富有内涵，也激发希望。 这希望终于在一天拂晓，变得明晰可见，第一支小小的青色的花蕾，顶破孕皮，冉冉升起。 紧接着它的兄弟姐妹也争先恐后，挤出孕皮，它们似乎都兴高采烈高举着自己的希望。 水仙的降临，指日可待了。

一天又一天，曾热闹一时的花蕾则再也不见动静。 那是一种严酷的沉寂。 时近岁末，分秒流逝。 我开始预感到，寒流中，水仙也无法如期而至了。 除夕夜，我自己又是雪被冰床，随寒流在忘忧谷中奔走呼号。 痛楚如相思在狂风中的撕扯，如悬崖上泡沫的碎裂。 突然，一支水仙，冉冉趋近，她亭亭玉立于我的右手掌心上，薄明纤弱，光华莹莹，源源不断输送我一股深厚的暖流。 一时轰鸣远去，痛感消隐。 我悲喜交集，欲握水仙，水仙则往后一仰，不知去向。 大惊顿醒，才意识到除夕已尽，而开始的日子，似乎与往日无甚区别，仍是个阴天、朔风、淫雨、奇冻的日子。 我的无根无命的祈祷啊，直如窗外忘忧谷的老相思，百年相思，终是无结果！

心情颓然就坏。 可就在此刻，有一星灿然，流星般拖曳过我的眼角。 水仙？ 蓦然回望，案头陶盆的浅水之上，林林凤叶之中，梦中水仙，卓然而立！ 惊疑再三，始出手小心触摸，真真有丝绒一样柔滑的质感。 尤其是，那似曾相识的，不会混同于任何一种香气的，地母般广大而丰润的芬芳，正习习呵向我。 啊，水仙！ 新年的黎明中，她果真应诺而来。 六片桃型花瓣错落开展，冰清玉洁，托举起盈盈一盏金黄的花盅。 盅里有三点花蕊，如梦似幻，飘浮其间。 是水仙的精灵，是我的愿。 一个也不漏，全盛在水仙心头，今夜穿越亘古时空隧道，今日还我。 如此完整美丽。

年后，寄远君的声音从遥远的水仙故乡传来。 他问我：身体好吗？

我说：好。

他问：水仙开了？

我说：真的开了。

他问：怎么样？

我一时语哽，不知从何说起。 说，好多年了，我太迟。

他问：喂？ 喂？

我说：我认它是乡情。

东车站

萧乾

太不起眼了，那红白相间像块点心的街角建筑，四周开的尽是些五花八门的店铺。 楼顶横着一块招牌：东城区工人俱乐部。 它是那么庸常、一般。 年轻的路人不会多照顾它一眼。

它已报废许多年了。 它的辉煌早就归了北京站——如今又有了辉煌的西站。 然而当年的东车站可威风凛凛，是北京的大门口。 不论是张作霖还是吴佩孚，谁占了它就占了北京（平）。 这地方冠盖往来，每日频繁。 大帅们出入，东车站就得戒严，腰间挎着盒子炮、枪上刺刀的勇士们，黑压压一站就是一大片。

东车站也是我生命的一个起点。 一九二七年冬天，我就是从这里随好友赵澄启程，奔向我那梦之谷的。 一九三五年我又是从这里踏上人生征途，开始记者生涯的。

最令人激动的莫如从南方坐火车北归时，车过丰台站，转眼就望到东便门的角楼了。 那时心激动得就跳蹦起来，温暖得像见了久别的亲人。 这当儿，性急的旅客就开始从高架上取箱笼，年轻的妈妈就赶忙整理娃娃的奶品衣物，趴在窗口等着将出现在站台上的爸爸。

对于我，东车站总像座码头。 从这里，我乘孤舟漂向社会，漂向人间。 它曾载过我的欢乐，也驮过我的悲哀。

一九三五年七月，我就曾搭乘开往天津的一列车去《大公报》走马上任。 直到一九三六年秋天调沪之前，我每月必来北平为《文艺》开一次别开生面的编委会。 或在前门外的一家饭店，或是在来今雨轩。

总是由杨振声和沈从文两位做东，先辈如朱光潜、林徽因和梁宗岱每次必到，还有同辈的严文井、卞之琳、何其芳等，高谈阔论，无拘无束。

傍晚，我又搭车回报社了。

七七事变那天我在上海。 我是奉报社之命搭飞机赶到卢沟桥的。从那以后，东车站就从我生活中消失了将近十年。 不，一九四六年我也是飞到北平的。 战争期间，常沿火车路线打拉锯战。 全线修复是件大工程。

一直到一九四九年仲夏，我才随香港地下党坐船在烟台登陆，过济南时省委还设宴招待——事后方知坐在主人席上的是康生。

我又回到东车站——回到北京（平）了。

终生难忘的是一九五七年划"右"之后，那年四月我就在外单位一同志押解下，前往柏各庄农场。 当时我才四十八岁，是背着自己的大铺盖卷儿进的东车站。 也许是怕我跑掉，他总让我在头里走。 上了车，我们对面坐。 这位大概常出差坐夜车，午夜他打开个包包，掏出一瓶酒，摊开下酒的花生，就自饮自酌起来。 我这被押解的，就茫然地望着车窗外的夜空，思念着已经下放的洁若和丢下的三个团团。 五十年代初我去湖南土改和六十年代末下湖北五七干校，都是从东车站出发的。 后一次心情最渺茫、恐慌，以为此生只好葬身渤海湾或咸宁山沟里了。

如今，我每次去中央文史馆必走过这座东车站的遗址。 对我来说，它不仅是个车站，而且在我的生命史上它起过界石的作用。 离开它时，我曾暗自抹过泪；车进站时，我的心也曾怦怦跳过。

东车站，已经逝去了的东车站。

1996. 6. 1

冷僻的知音

杨牧

　　在摆满印有各种女性和男性歌星图像的一家音像书店的货架深处，有一个戏曲录音带货架。　这家音像书店还没有忘记国粹，乃至"川粹"，戏曲的一半还特地辟为川剧专柜。　不过，比起歌星前的红男绿女人流如潮，这里就俨然是一个"古尸"的博物馆了。

　　我出现在那里是个奇迹。　在那位翻阅《最新影星大全》的营业员小姐看来，或许是一个"劣迹"。　不然她为什么白眼乜我呢。

　　这里确是个古老的世界。　目光落处，那些前三朝后五帝的故事便随盒面上的脸谱、刀枪剑戟和火爆的锣鼓隐约在耳边炸响起来。

　　"你喜欢川戏！"

　　我吓了一跳。 回过头，一个老者正盯着我，显然他在我背后已站了很久。 他瘦削，含笑，六十多岁，一看就知道属于成都市民中营养状况一般而有着某种特殊嗜好的那类人。 他不等我回话就义不容辞地给我介绍起剧目来：《御河桥》是"听烂了"，《阳平关》"莫取头"，买带子要买那"录得满"的、免得吃亏，要听就一定要听"高腔"……

　　"我就是不喜欢高腔！ 我爱听胡琴。"

　　他像被什么蜇了一下。 有些失望。

　　我说的是真话，我不爱高腔。 我讨厌那种扯着脖子筋叫唤的唱法，特别是没有乐器伴奏而又遇到乐感不强或五音欠全的演员，会叫你难受得无地自容。 像鲁迅小时候害怕老旦"坐着唱"。 但我爱川剧也是真的，我在一本自传体的《西城流浪记》中就写到过我小时候穿过一扇破墙壁钻进戏园看"混戏"的情形。 稍长，我流浪至大西北的新疆，二十多年耳膜里灌的多是"胡乐"或秦音秦韵，甚至在一个秦腔剧团里混过一阵。 每每听到那黄土味十足的粗犷音响心里就发颤。 我以为我已经完全脱胎为一个地道的西北人了。 没想那年偶然得到一盘川剧《江油关》竟然听得我骨痒魂销。 我想起小时最爱听的《鱼祥寺》《楚宫会》，轻轻哼起《长生殿》的"望—银河—河—啊……"，突然泪珠在眼底打闪。 我才发现自幼输入灵魂的信号是那样强大，即使被多种不同形态的文化撕扯，最初系在血肉深处的那根拔河绳轻轻一拉，仍旧禁不住斜了过去。 我确认，我还是个四川人，大约与离乡太久了有关，乡情，乡思，似乎一下子全都集中到川剧上，尽管那唱法也有许多难以容忍，但重要都是"川音"。 记得在我主编《绿风》时，偶然收到一份寄自四川省川剧学校的诗稿，作者名 A，我竟禁不住亲笔回信，不谈诗，一个劲谈起川剧来。 时过数年，作为川剧学校教员的 A 君早已成为新派诗人和新潮诗歌理论家。 且恐怕早已不热爱他的川剧了，我还恋着这些"古尸"！

而我在返回故乡后的今天来到这里，与其说是鬼使神差，不如说是为了了却一个多年的夙愿。 那老头失望了半分钟，又毫不气馁，继续滔滔不绝起来。 也许在他看来，"胡琴""高腔"都是川戏，更爱哪种并不要紧，即使不懂更高的精华，毕竟还是孺子可教的。 何况这年月已很难找到这种年龄层次的接班人了。"川戏好哇！"他说，"可惜有人说怪话，说现在的戏园子全是老人，每天死一排……其实我也两年没到戏园子去了。"

"你不爱川剧了？"

"那倒不是。 我怕过几天就晓得一个老哥不在了。"

他也承认看戏的"老人"在不断减员。

"那么你也不听戏了？"我又问。

"我家有几百盘录音带！""好哇，那你更是内行了，你帮我选一盘如何？"

他仿佛得了最高信任，一口气帮我点了一堆。 营业员小姐颇不耐烦，他几乎怂怂。 其实，我也不打算买得更多，我怕买到我害怕听的那一种。 我不便说出。 他很快察觉到我的心思，让我先买盘"最好听"的《孙炎哭洞》。

"这是一个孝子戏！"他加强宣传，"你晓得孙炎吧？ 孙膑的侄儿！ 孙膑半辈子东杀西砍，还有一本《孙子兵法》。 后来被剁了螺丝骨！ 躲进一个山洞洞里。 侄儿来哭着请他出山，去杀王翦……嗨！

王翦贼呀……五霸七雄闹春秋，遍地风烟遍地愁，功名如白云，富贵似苍狗，得饶人时且饶人，得罢休时且罢休……"我已分不清他是在介绍还是在念道白了。

他特别说明，这是一个"胡琴戏"。

但我毕竟只要了一盘，他微露遗憾。 为了使他得到宽慰，我赶紧说："你不是说你家有的是录音带吗？ 以后我去录上几盘。"

"好哇！ 好哇！ 我家就在牛王庙，离这儿不远。"

我语塞了。 我不知道我该不该到他的那个牛王庙去。

"你家有空带子吗？"他又追问。

"有倒是有……"

"那好，那好，你家在哪儿？"我不得不告诉他我家就在红星路。他主动提出，"你要不介意，我到你家拿带子去。"

他跟我走了。 一路上他反复表示，他绝不是骗子，他是有根有底的人。"我姓唐，叫唐隆基。 这一带你随便打听，没有不知道我唐老头的。 不过这一年我也不大露面了……今天太阳好，我出来转转。 我看我们都是老人，就打个堆儿吧。"

我一惊！ 他也把我当老人了。 这些年来，也确有不少初见面的年轻诗人把我叫作"杨老"，我一方面知道那是恭维，一面也疑心自己是否真的老了，但还从没有老人把我看作老人的。 说来该感谢二十多年的边地风雪，使我有幸提前得到老人的信任。 我细品他的名字：唐隆基？ 唐朝姓李，李家就有个李隆基，正是《长生殿》那个主儿，我突然觉得很有兴味。 但我又很快察觉出，我能够从这个角度去产生兴味，也确乎证明很有些老年心态了。

那么我与他"打打堆儿"是合适的。

他到了我家。 既不落座，也不饮我为他斟的茶。 他只是环视我的家境，目光沿堆积如山的书架落在光亮的贴墙纸上，似有些诧异。（他哪里知道，我也同样是贫民阶层，这贴墙纸的屋子只是我暂居的招待所。）他大约发现不是他想象的那类"老哥"，兴味索然，只是催我要录音带。"你放心，我明天就送来。"他将我送给他的带子揣进那件皱巴巴的中山服的衣兜里，转身走了。

第二天中午，唐老头果真送带子来。 随着笃笃的敲门声，他满面愧色地走进来。 说是带子没录上，说是他选了好几个"好戏"，翻过去录翻过来录，带子就是"巴"不上"音"。

"是不是尺码不对头？"

我看了看他带来的母带，说"尺码"是对的。

"要不……你这带子不是录戏的？"

我说，无论录戏或录什么，带子都是一样的。

他不安至极，那目光好像我在责怪他没有尽力。 他反复讲述他怎样折腾了一个整夜。 他咳嗽着。

我宽慰他。 嘴里没有说出的是，不知他那个成天像磨子似的不停碾磨的录音机被碾得怎样地没牙了。 为了尽快把话题岔开，我让他坐下，递过茶："唐先生，你以前是在剧团工作？"

"嗬，我倒没有唱过戏哟。"

"是老成都？"

"说不上，不过也住了好几年了。 我是从新疆回来的。"

我一喜，赶紧说，我也是前年才从新疆回来的。

　　唐先生一下亲近了许多，问长问短，聊了起来。 二人谈话渐渐入港，他讲起他的经历来。

　　他确实姓唐，名隆基。 川南人氏。 解放前曾任一小吏，爱川戏入迷，常出没戏园。 解放后远赴新疆。

　　唐先生没有过多地讲他在新疆的情景，只说是久了有些寂寞，很想家乡。 一天下午远远的队部突然响起川剧鼓点，大约是有四川籍首长来此视察，广播里特地安排的，正在地里拉爬犁的他，隐有所闻却听不真切，心里瘙痒，竟情不自禁忘乎所以扔下肩上的爬犁绳，没命地朝鼓点奔去。 别人以为他要逃跑，放了几枪。

　　唐先生在新疆一待就是三十余载。 家妻自然等不住了，携一儿一女嫁到成都。 三中全会后唐先生获释，并且因为"新生"后就地就业过几天，后被安排"转业"回原籍。 走时先生三十出头，此时已年过花甲了。 回到原籍自然已没有了根，只好投靠早已改作他人妇的过去的妻子及已长大成年的儿女，在成都落户，民政局发给救济金，月十五块整。

　　"那么你现在同你妻子住在一起？"

　　"那像啥话！ 别个有男人。 我只住在他们门口一个牛毛毡棚棚里。"

　　"那老哥对你还好吗？"

　　"人还厚道。 老工人，见面点头。"

　　"你吃饭呢？"

　　"自己煮嘛。"

　　"儿女们也不照管你？"

"都是工人，包包里都莫得几个钱。"

"那你还买得起录音机？"

"嗬，我有钱呢！ 我有好几年挣大钱！"

他说他回到成都后，曾找了个差使，给一家大医院看大门，专门经管来往的小车。 停车收费，百分之七十归公家，百分之三十归自己，几年里挣了一两千块钱。"咳，最后也不行，那差使也不是人干的！"他顿了一下，有些伤感，"你晓得，坐得起小包车的都不是凡人，开头我人生地不熟，葱子蒜苗一般高，很负责任，见车就收。 渐次知道是个'烫元'，收一个就得罪一个，那车费哪是随便收的！ 麻烦事也多起来……我一狠心，算了！ 这口饭我也不吃了。 何况民政局的救济已涨到四十块零五角。 我退了那差使，清清爽爽回到我牛毛毡棚棚里，把钱都买了录音机和录音带。 每月九十个蜂窝煤，二十六斤粮，吃了就关起门听川戏。 你别见笑，我在门上还写了个字。"

"啥字？"

"隐。"

"你'隐居'啦？"

"算是一个门神吧，自己把自己管到。 我还写了几句言辞。"

"请先生念念。"

他清了清嗓子，又突然打住："算了算了，嗓子歪。"我打趣道："听先生说话就知道先生八成是个铁头小生，要是唱上几句川剧，一定漂亮。""那倒是！ 可惜这两年吃得歪，要是油水多点嗓子还要吼得起些。"

他几乎要"吼"了，似乎又觉得不太体面，甚至觉得今天是否对一个陌生人讲得太多了。他转问道："我还没问，你老哥贵姓？在哪里发财？"

我说我姓杨，在作家协会。

"你是个作家？"他足足怔了半分钟，"也是当官的！"似乎面前一下子隔了一堵墙，"身份不合，身份不合！我们两个打不拢堆儿。"

我正要跟他说些笑话，唐先生已慢慢站起："得罪，得罪。"坚持要让我再给两盘"录川戏的带子"，说受人之托，终人之事，不管如何，他说了的话就定要办的。

唐先生走了。翌日，他又送带子来，我不在家，他将带子交给我母亲。一再说，这回录得"巴巴实实"，是求他女婿帮忙的。他反复听过，一个音也没走板。并且说："请告诉杨同志，我们谁都不欠谁了，这回扯平了。"从此唐先生再也没来，我也不知道他到底住在牛王庙哪里。我只是接过老母亲递过的录音带，见盒面用毛笔工工整整地标着戏名：《长生殿》《楚宫会》《哭岳》《观景》……我将它放在磁头上，铜锣，鼓点，丝竹，烟云，小生，老生，小旦，须生，前三朝后五帝的往事，翻来覆去，倒也是一番正宗川味，好不热闹。听着，听着，最后竟出现唐先生自己唱的一段，我一字一字地记下来，疑心就是他所说的他自己编的那几句"言辞"：

庚午八月已隐居，

修身养性两相宜。

一身旧衣穿在体，

三餐淡饭也充饥。

有心为国做贡献，

无奈年岁叹须眉。

且向粉墨寻旧趣，

一心收听录放机。

　　那声音浑浊，如风过沙野，嘶哑中犹带几分苍凉。 与其说是川蜀之韵，不如说多边塞之音。

一九九一年十二月

洗狗日记

——留日生涯

叶广岑

　　我骑着车满街转，除了根据车筐里的招工广告按图索骥外，还专门留意着各店铺门口的"雇人启事"。太阳白花花地照着，身上燥痒，头皮发烫，心情便有些莫名其妙的亢奋，看什么都不顺眼，见谁都想骂……一辆白色的 TOYOTA 从身边蹿过，将我逼进路边的泄水沟，连人带车歪在垃圾堆上。抚着擦破皮的胳膊，我朝着远去的车骂了一句：狗×的！

　　明天是学校开学报到的日子，届时我必须交出四十万日元学费，算来算去，手头尚差五千块钱没有着落。日本人办事斩钉截铁，纵使你有一万条原因也不会让你免交、缓交，总务部门那位脸色永远铁青的老处女对她的职务十二分的尽心认真。

——下午这段时间，我必须找出五千块钱来，这是刻不容缓的当务之急。

从沟里掂出车，扳正车把，摇摇晃晃又骑。终归是摔过了，车子不知哪儿总别着劲儿。下来检查，寻不出毛病，推着走，见路口"不可燃垃圾"中有辆蓝车，试骑，不错，尚可变速，遂将我的车换了，又走。

骑车累了，我摸了半天口袋，掏出几个锎子，买了筒乌龙茶，坐在荫凉处慢慢喝。

一只狗蹭过来，蹲在我对面，一副高瞻远瞩的眼神，一脸忧国忧民的愁苦，身上几处毛皮已经脱落，露出丑陋的粉肉。那条尾巴被紧紧地夹住，坐在臀下，尾尖在前部露出，不安分地动着——一条百无聊赖的无主野狗。这样的东西，这座城内随处可见。

用乌龙茶逗它，不理，遂把它唤作"次郎"，是按词汇比较学先生山田太郎的名分排下来的，那位太郎常常在课堂上把我弄得很尴尬，大家都不欣赏他那套武士道的教学法——动不动便安排学生到教室后面去罚站。眼前次郎这副神态跟他很有一比，当兄弟，不过分。随着次郎的视觉寻去便窥出端倪，原来我身后的橱窗里一溜儿关了五六只活狗，在各自的笼内欢腾跳跃，与面前的癫次郎争相较劲儿。亏得玻璃隔着音，要不，这震耳欲聋的汪汪声非引来警察不可。内中一只小个长毛白狗吠得最热烈认真，最引人注目，小黑鼻儿一耸一耸的，小白爪儿一抬一抬的，跟玩具店的机械狗毫无二致。 我冲它一扬拳，小家伙一愣，立即把目标转向了我，继续拼命狂吠。

门开了，狗吠声裹着一股冷香扑面而来，一个穿天蓝色工作服的女人和颜悦色地招呼：可以进来看看呀。 我进去了。 癫次郎不知什么时候也神鬼不知地钻进来，缩在角落里。

这是家猫狗美容院又兼旅馆，哪家外出有事，数日不归，猫狗们便被送来寄养几天。 日本男女都爱玩狗，且对种的问题极有讲究，狗种与人的身价相得益彰，互为生辉，由此，艰巨的任务便落到美容院身上，让太太小姐们去擦洗侍弄猫狗未免有些煞风景。

初次涉足这种店铺，我有些局促，更多的是好奇。 女人叫斋藤，是该店的主人，里里外外就她一个。 猫狗美容院在该地区只此一家，生意颇不错。 她一边给一只狗吹风一边低声细语地跟我聊，说癫次郎是只不错的纯种法国布多鲁狗，她干完手头的活计，可以提前给它美容……知她误会了，我赶紧说这不是我的狗，是它自个儿跑进来的。她说这附近不乏好狗，附近两所全国知名高等学府，学生大都是有钱人子弟，上学期间就弄只狗养着，毕了业便人走狗扔，让这些狗流落街头。 她又问我是不是也是大学里的，我说是，目前是放假期间，没事干，瞎转。 她问我学什么的，我说社会人文，想在日本拿个学位，你们日本对文科卡得又太严，困难重重。 她说就是，她也是这所大学的，艺术系，装潢美术，现在只沦落到给狗理毛的份儿了。 我说我拿不到学位回国也会被当神敬哩，甭说狗毛，连人毛也不会去理，更何况，我压根儿就不喜欢小动物。 她说她是基督徒，讲的是仁爱，只要对猫狗施以爱心，它们也会爱你，给你安慰，快乐……不信可以试试，比如现在没事，就可以给她帮帮忙，今天晚上市公民馆有赛狗会，七点半，这几只狗都要随了它们的主人去公民馆。 我说帮忙没问题，当下捘起袖子就要上阵，斋藤说急不得，你一躁狗就要咬，干这事得心平气和地。 说着找出个大塑料围裙让我围上。

我负责给莉莉洗澡。 所谓莉莉就是那只龇牙咧嘴的白狗，打一看见我它就不表示友好，处处跟我别扭着。 从笼里一出来，它便企图往门口奔，无奈绳子攥在我手里，跑不出两步便被拽回来，继而翻转腾挪，在我脚下演开了杂技，引得笼内所有的狗都来了精神。 我左手牵着，右手掂着香波瓶子朝着莉莉猛喷，直绕着桌子转了三四个圈。 斋藤说这样不行，如若如此，她每天光抓狗的运动量便相当可观。 只见她放池温水，将莉莉哄在手里，拍着，轻轻放入水中，池内放了个电动小龟，别说莉莉，连我也被那只碧绿小龟吸引了，莉莉凝视间，斋藤让我动手快洗。 大约是香波喷过量了，一会儿，池水便被泡沫掩盖，小龟自然也不见了。 莉莉开始不耐烦，加之肥皂水迷了眼，四脚乱蹬，张嘴咬人。 我慌忙换水，将个湿狗紧紧抱在怀里，生怕它再跑。 洗第二遍时，斋藤又过来关照要特别注意莉莉的肛门部分，说屎尿常将此部皮毛黏结、染黄，主家对这部分是最留心的，不要让人家挑剔了。 我脆脆地答应了声"哈依（好的）"，抄起刷子冲着要点部位开始进攻，莉莉在水里头跟我转开了磨，闹得水花四溅，连我的衬衣都湿透了。这场狗澡洗得相当艰苦卓绝，我把那刁货从里面抱出来时，斋藤竟大吃一惊，不知是谁洗谁了。

接下来是吹风理毛，这是个技术活儿，其精巧程度不亚于理发馆内给女士们吹花样儿，当然由斋藤来干。 她让我给笼内那只严肃的西伯利亚猛犬库库洗澡。 库库蹲在笼内足有半人高，尖耳朵竖着，灰毛白爪蓝眼睛，一双上挑的白眉，那模样很像拔出刀子准备攮谁的大汉。我刚走近笼门，库库便迫不及待地站起来，挺郑重地盯着我。 开门时手有些抖，不知这庞然大物出来会怎么样。 刚才一只小白狗便已耗了我不少精气神儿，这家伙指不定又怎么折腾呢。 门开了，库库灵活地蹦下来，伸了个懒腰，然后一溜小跑朝后奔去，站进水池子，回过头来静等着我给洗澡。 我友好地拍拍它的脖子，它不睬，也不理会池里的小龟。 斋藤说，库库用的香波和护发素(确切说该叫护毛素，二者日本人统称"林斯")是绿瓶的 TRAN，跟莉莉的不一样。 我就拿 TRAN 给库库洗，库库抬腿转身仰脖，很会配合，有时刷子掉进池里，它还会叼上来递到你手里，很解人意。

领着库库出了浴室，莉莉还在那里吹，在暖风下舒舒服服地哼唧。后来，我又给小黄柴犬舜子洗，给秋田犬横泰洗，给长毛狐狸一样的欧洲玩赏犬保比洗，给与猫儿相差无几的约夏洗……别看个个在笼子里喊得凶，拉出来单个操练便显出各自的本性来：柴犬聪慧伶俐；秋田犬憨厚耿直；玩赏犬矫揉造作；紫犬降贵纡尊……只有莉莉刁钻古怪，系冥顽之徒。 问斋藤莉莉是哪国货，答曰：奥地利。 我说奥地利国家挺正统，狗却不是玩意儿。

斋藤又让我给莉莉剪指甲，剪子是特制的，锋利坚韧，她说需将指甲剪齐，用小锉磨圆，不能伤人皮肉，钩人衣服。 莉莉是室内玩赏狗，整日与人厮混，趾甲是很关键的。

莉莉当然又不配合，死活不让我碰它的爪，我猛扑上去，抄起一条后腿，头朝下拎过来，只听莉莉嗷嗷地一声，倒卷帘冲着我的手腕就是一口，还好，没见血几个白印儿罢了。 就这，更使我恼怒，抄起个沙发垫子将莉莉连头带尾扣在下面，大腿上去一压，任它在下面呜咽呼噜。 四个白胖小爪在快剪的扫荡下很快收拾完毕，掀起垫子，莉莉剩下喘气的份儿。 斋藤见状，说速度可以，只是她那风白吹了，刚理顺的毛又成了刺猬。

几只狗收拾完事，喷了不同牌子的香水，时候已经不早了。 斋藤又将门后的次郎大大收拾了一番，将一身毛剃得奇形怪状，简直不能称之为狗。 看上去精神了许多，也怪诞了许多。 斋藤说今晚她就领着次郎去公民馆。 我问是不是去参赛，她说不是，是亮亮招牌。 给布多鲁狗美容是件高难技术活儿，够水平的美容院才敢揽这种狗。 我说，这么说次郎是以观众的身份出现在赛场的。 斋藤说是，屋内这些狗除了库库今晚要参赛以外，其余都是去凑热闹的。

莉莉的主人来领莉莉了，那是个与莉莉很般配的又短又胖的白女人，她抱着莉莉亲了又亲，一口一个"儿"地叫，我想，她真能生个"狗儿"也堪称世界一绝。

莉莉的美容花费是二万四千日元，钱货付讫的标志是在它那双下垂的小耳朵上用卡子卡上两只漂亮的蝴蝶结。 临出门，趁着狗主与斋藤没完没了地寒暄时，我照着莉莉白硕的屁股狠狠来了一脚。 莉莉看了我一眼，转身跑过来，我以为又要咬，赶忙摆开架势迎战，却见它直身立坐，两爪做拜拜状，吐着舌头向我讨好。

××，狗东西。

我撤退的时候斋藤给了五千日元工钱，算下来，前后我给她干了七个半小时，按市价至少该是七千五百日元。 捏着这几张薄薄的票子，心里有些发闷，别看人和颜悦色的，其实心里未必。

　　推着车，迈着沉重的步子朝家走，边走边安慰自己：算了，至少明天的学费有了。

桑多河畔

扎西才让

1

桑多镇的南边，是桑多河。 春天，桑多河安静地舔舐着河岸，我们安静地舔舐着自己的嘴唇，是群试图求偶的豹子。 秋天，桑多河摧枯拉朽，暴怒地卷走一切，我们在愤怒中捶打自己的老婆和儿女，像极了历代的暴君。 冬天到了，桑多河冷冰冰的，停止了思考。 我们也冷冰冰的，面对身边的世界，充满着敌意。 只有在夏天，我们跟桑多河一样喧哗、热情，浑身充满力量。 也只有在夏天，我们才不愿离开热气腾腾的桑多镇，在这里逗留、喟叹，男欢女爱，埋葬易逝的青春。

2

桑多河畔的蒲公英，比预想的要多得多。这些多年生的可以入药的菊科植物，看起来是多么珍贵。它们耐着性子，总比迎春、月季、桃、李、杏开得更迟些。黄色的艳艳的弱弱的花，在最后一批桑多人奔赴远方之际，就在河的两岸密密麻麻地盛开了，仿佛在赶赴某个重要的约会。其时已是阴历五月上旬，桑多河一步三回头地流向远方，蒲公英也一步三回头地开向远方。这总使桑多人想起远嫁的女人、离开的儿女，甚至久远的母族，或飘零的族人。多年来，人们看见这些蒲公英热烈地开了花，又在初秋时节携着数不清的种子飞向远方，只留下枯枝败叶，和精疲力竭的根，还坚守在生命开始的地方，等待着来年的萌发、结果和飘零。这令桑多人伤感的飘零，意味着什么？一个老人说："和人一样，都想离开。"另一个老人说得决绝："蒲公英比人好多啦，人一离开，就有可能不回来，这可是断根绝族的事。"哦，这透彻心骨的伤感，也许就是绝望吧！

3

初中时的某同学，性格与别人不同，别人都在老师和家长的引导下努力学习，他不，他爱折腾。结果呢，我上高二那年，他就辍了学。先是在巴掌大的桑多镇上混，时间不长，骗了另一个同学家传的古董字画，去了兰州。几年后，又遇到了他，穿得人模人样的，开着一辆看起来蛮豪华的旅游用的大巴，据说已经是某旅游公司的副总裁。于是他组织了初中同学大聚会，但只来了七八人。七八人就七八人吧，大家在一起豪饮。 酒喝大了，某诗人同学站起来，朗诵他即兴写的诗：
"昨日是头颅在生锈/昨日是嘴巴在沉默/昨日是祖先的房檐被雨水打湿/
昨日是失败的男人从南方回来。"开旅游公司的同学抢过话筒："今日
不是这样！"今日是怎样的呢？ 聚会结束后，我总在思考这个问题。
想起自己多年的读书和写作的日子，顿时感慨万千，写出这样几句：
"今日是桑多河畔的白球鞋/是海子说的上帝遗弃的游泳裤/是飞去又飞
回的佛祖掌心的白鸽子。"我想我已到了能独立思考的年龄。 但在同
学聚会时，我保持着沉默。 我想，我沉默的原因，或许是对那些美丽
往昔，已经无法面对。

4

有了佛，就有了佛的法。 这法需要宣讲，需要布道，于是就有了
僧。 僧一脚在佛界，一脚在俗世，于是就有了俗人对僧人的窥视："一
鱼游过边界，进入河上的天空，像鸟儿那样飞翔。 北方寺院，吱呀一
声，有人推门进来。 功德之后，要复归南方的旧居。 听说他途经桑多
河时，于倒影里看到了一个莲花一样的女人。"僧人是否真的看到莲花
一样的女人？ 不清楚，这或许是道听途说，甚至就是无中生有。 那
么，"你们原谅我吧，我了解河边的死，也知晓水下的生。 我唯一不知
的真相：那个上香的高僧，为何会病逝在返乡的途中？"是的，僧人的
病逝，是事实，但他为什么病逝，就成为一个悬案，让后人猜测不已，
以至于将这种猜测这种疑问，写进了诗里。

5

在组建家庭的各个阶段，爱情这一段落显然要比婚姻这一段落来得更早。 比如我吧，那年还在上高三，父母亲就有了给我组建家庭的打算。 于是，相亲的活儿开始了："电线从麻雀的爪子上感受到了自身的颤抖，南风从树叶的晃动中感受到了久违的自由，我从她的眉眼里感受到了美丽的娇羞。 相亲的那天，只隔着一面门帘，我和她，就已把对方印在心底。"这一步的结果，大人们是比较满意的。 然而，相亲之后，爱情的缰绳，谁也无法控制了："夏天，自然是潮湿、骚乱又慌张的季节，来自西宁的虫草商人，看上了桑多的女子。 夏天过后，杏子成熟了，核桃结了仁。 我和她在隆冬的桑多河边相遇，彼此冷若冰霜，背向走进风里。"父母亲试图成就的婚姻，就这样走向了另一个道路。 幸好如此，否则，就没有这首诗的诞生。 因为写这首诗的人，当年还不是诗人，还没有任何想做诗人的打算。

6

来藏地旅游的人，注意到这里的山，这里的水，这里的人，当然也会注意到这里的神。 我曾无数次目睹过这样的情景："桑多河畔，游人蜂拥而至，有人极目远眺，有人大呼小叫。 有人按动快门，拿走了不属于自己的风景。 鹰飞起来，像一顶雷锋遗失的棉帽。 鱼在河里游走，如水底的珊瑚，星星般闪耀。 人类在河边逗留，喟叹，钻进各色各样的铁皮匣子，尘埃一样悄然消失。"游人离开了，剩下我一人，还会在桑多河畔多待一会儿。 此时，在这苍茫的天宇下，必有清风徐徐吹送，吹起一河涟漪。 在这样的美景中，我也会突发奇想：会不会有人面兽身的异物，守在河的那头？ 她或许来自人世，或许来自兽世，或许来自禽世，也会像我们一样想些奇怪的问题，发出惆怅的叹息。这样想了会儿，越想越觉得有可能，情不自禁地四处张望，看能否找到她的行踪。 然而，在这苍茫的天宇下，只有清风徐徐吹送，吹起一河涟漪。

7

我是谁？ 从哪里来？ 到哪里去？ 活到一定年龄，就开始思考这三个问题。 有的人思考了半辈子，还是没有啥结果。 有的人思考了一段时间，经历了车祸、火灾和莫名其妙的打击之后，干脆就不思考了。有的人，譬如我吧，爱写些对人生有所感悟的文字，且对宗教还比较感兴趣，因此，对这三个问题，还是有一搭没一搭地对付着。 我是谁？"我是只野兽，有着野蛮的肉体。"从哪里来？"我想面对大河上弥漫的黑夜，诉说我的陈年往事。 那预示吉凶的经卷在今夜打开，明天，也不会被圣僧收进盒子。"到哪里去？"我从深林里蹿出，扑进幽暗的水里，脚被水草缠住，发被激流带走，呼吸也被窒息，绝望由此开始。"在试图解决这三个问题的过程中，我荒废了许多时日。 有天黄昏，当我面对桑多河河上弥漫而起的黑夜，突然觉得自己就是一尾墨鱼，往前看，因为各种时代的原因，已无家谱可查。 往后看，虽有后代在成长，但也不知道他们会走到哪条路上去，假若依靠他们，肯定有种依靠门帘的感觉。 结果呢？ 结果就是处在人生的中途，前望望，后看看，我张口结舌，无法说清我的今生今世。

8

在这又繁华又荒凉的尘世上活着，偶尔在河边或湖边长久地站立，就会注意到自己的在世的倒影。 我注意到我的倒影，并试图用文字予以表现："群鸟已退隐山林，野兽深匿了它们的踪迹。 我一个人坐在山坡上，远处是积石山脉起伏的玉脊，近处，是一大片又聋又哑的赭色草地。 那座寺院的活佛圆寂了，檀香树下的农妇大梦初醒就有了身孕。神圣之树的枝叶还未脱净绿色，它也在静寂里梦见了自己的来世。 桑多河畔的野草，又将根须伸进水里，我俯下身，看到自己在世的倒影，被水波鼓荡得模糊不清。"对这倒影，我不是万般留恋的，因此我又写道："我终会离开这里，离开这里……我想，我是厌倦了这秋风翻动下的无穷无尽的日子。"

9

夏天，彩虹到桑多河边喝足了水，就倏然消失了。 人在河边站得久了，也有了苍老的样子。 只有牧羊人在河的上游和他的羊群在一起，像个部落的首领，既落魄，又高贵。 我在这个叫桑多的高原小镇生活，在首领们的带领下，安静地吃草，反刍，有时也想些问题。 以前我在别的牧场：珊瑚小学啦，玛瑙二中啦，或者云里大学啦，都有着神圣又美丽的名字。 而今在这桑多镇，在这牧神的牧场，我还是白天吃草，夜里反刍。 想起平庸的一生，就渴望有更勇敢的牧神出来，带领我登上那积雪的山顶。 在山顶，我会看到彩虹在河边低头喝水的样子，也会看到苍老的人原先年轻的样子，我会像真正的土著那样，在一袋烟的工夫里，感知到桑多山下壮美景色所蕴藏的秘密。 只有在此时，才觉得自己不是牧羊人的身份，而的的确确是这个地方的主子，哪怕只有着倏然即逝的生命时光，也是不容怀疑的这片珍贵的山川的主子。

10

六月初六这一天，确实是适合采薪的好日子，不过，风俗流变，大家都不采薪了。 山上，神灵们起了个大早，他们站在山顶指指点点，山坡上就长出各种奇异的花朵。 山下，当太阳扑通一声跳下河，晚风鼓荡不息，水里就游来各种古怪的生物，它们也睡眠，也发声，也喧嚣，看上去，让人忐忑不安，又心怀感恩。 有人在帐篷里打开酒壶，酒香就四溢开来。 山坳里飞出蝴蝶，扑进花丛，山梁上走来曾经到处游荡的山神，三三两两的，他们也坐着，也说话，也发怒，看上去，让人无可奈何，又心怀担忧。 等到那么多的人，折腾够了，疲倦了，那么多的神，不争吵了，睡着了，就有几头牛，在草地上慢慢地走，却始终走不出它们的月下的阴影。 我和朋友斗酒猜拳，但又不想喝醉，想从山里匆匆赶回小镇，躺在大梦深处。 半路上，我的女人找到了我，张开丰硕的双臂，将我扑倒在路边的草丛里。 她像个骑手，骑着我到了遥远的天边。

11

河，花了五百年的时间，从神山下流到这里来了。 水深的地方，现出青黑色，深渊一般。 排子客们是清一色的壮汉，早就磨好了斧子，调好了钢锯，扎好了绳索。 年轻羞涩的媳妇，也把用青稞面做成的坚硬的烙饼，装进了厚重的牛皮褡裢里。 早就有老人在出发前煨起桑烟祈祷过了，但他们还是悬着心，担心被无形之物把生命遽然带走。在河面上漂流的时间一长，大家都有了孤苦的心思，觉得自己也像山上的那些树，活得好好的，突然就被浸在水里，顺流而下，不知何日才是归期。 最终，他们还是回来了。 说书艺人说，白天，排子客们腰插利斧，没入山林，是群北方的帝王将相。 夜里，只能把生命交给神灵主宰的江河，是群老天也得眷顾的孩子。 当我从城里回来，挤入他们之中，这才知道：他们也像族人那样，渴望在来世还能转世成人，最差也要转世成树木，不去别处，只生长在故乡的山林，而且，再也不愿涉足在那深不可测的江湖。

12

我把桑多一带的牦牛，不管是一群，还是一头，都叫桑多牦牛。你有空出去转，就会发现，桑多牦牛在寺院背后的一棵柏树下静静地吃草，间或抬头遥望远方的一处山谷，秋末的阳光将柏树的阴影落在它身上。 你估计它曾经走过雪原，蹚过初春的小河，深匿于盛夏的丛林。这是事实。 现在，它老了，形体瘦削，毛发稀少，像极了你熟悉的那个来自青海的羊皮贩子。 有时候你从外地回到桑多，也会看到桑多牦牛在寺院背后的一棵柏树下静静地吃草，你不知道它还有多少这样安静吃草的时光。 但你知道：远处那座山谷里有它的童年，有它的父母的精魂，它曾经眷恋过的青春的母牛。 现在，你是否感觉到了隐隐的疼痛？ 你是否又觉得无法表达这种疼痛？ 别急，别急，你只要看看它的旁边的岩石上，那个放牧它的羊皮贩子，他睡在那里，发出了粗重的鼾声。 这时，你就有办法表达你的痛苦了。 我的诗歌，就是这么写出来的。

13

　　在某个地方待久了，待得没有任何新鲜感了，任何人，都会有渴望离开此地的想法。 实现这想法的难度越大，渴望的力度就更强烈。 那一年，我的表弟就犯了这毛病。 他找到了我，让我想办法。 我以诗人的身份劝告他："你看啊，桑多河畔多么安静，晨曦自东山突现，琉璃瓦的屋顶在光中颤动，波浪般鼓荡不息。 这么好的早晨，这么好的时光，这么好的人，还留不住你吗？"我的话被一阵呜呜呜声给打断了。扭头一看，来了我暗恋的扎西吉，骑着红色的摩托车。 表弟跑过去问她："哪里去？"她甩甩卷曲的长发："县城。"天哪，早起梳妆的扎西吉，让人心疼的扎西吉，骑着红色摩托车要去县城的扎西吉！ 表弟激动起来："你能带走我吗？ 你能带走我吗？"她不回答，却看着我。"我能跟随她远离这牛皮一样韧性的生活吗？ 我能跟随她走向那神秘又陌生的远方吗？"显然不能！ 人人都在逃离，人人都追寻着陌生，但我祖先的尸骨就在这里，我的部落的历史也在这里，我不能离开，虽然我是那个因她而失明的男人，虽然我对她的爱，已在骨头里泡沫般滋生。 结果，表弟跟着她走了，从此再也没回来。 不过，她还是回来了，现在，我们的孩子，也到了当年表弟那样的想出走的年龄。

14

去年此时，我无法摆脱困扰自己多年的东西，比如一段感情，一桩难以启齿的私密往事。这让我觉得岁月不是金子，也不是银子，而是一个巨大的仓库，那里面可以取出我经年累积的东西。我头顶的鹰，山梁上的白马，和身边的亲人，都是从那仓库里取出来的。我心里的诗篇，也有着仓库里幽暗而潮湿的气息。现在，牧场里的家马变成野马，回到山林，道路上的头人的子孙们，在石头上歇息。听说，由于他们远离了他们引以为傲留恋不舍的辉煌时代，而今有点落魄。不过，依我看来，他们骨子里的高贵，无论时光如何流逝，也是无法被湮灭的。离他们不远的小河边，我，一个农奴的孙子，低头喝水。水面上的涟漪，波闪出我的前生：青海古道，我和父亲在高原上赶马换茶，我叫他阿哥阿哥阿哥；也波闪出我的后世：塞纳河边，一个身材高挑的金发女子，将丰硕的肉体，慢慢地没入齐腰深的水里。

15

海子说：我有一间房子，面朝大海，春暖花开。在桑多河畔，我也有一间房子，面朝河水，春暖花开。但我没有海子对未来的美好期待，每天都在昏睡。黎明时分，醒过来，听到了应该听到的，想起了应该想到的："窗外风声，是我们前生的叹息。窗外水声，是我们今世的叹息。桑多河畔，水声哗哗，风声嘘嘘。你的我的他的女人，从山地牧场上背回了牛粪，从母牛那里取来了新鲜的奶子，从度母那里，领来了你的我的他的隆鼻深目、精瘦机敏的孩子。桑多河畔，我们在风声里撕打，在水声里把腰刀捅进别人的身体，在女人们的哽咽声里突然死去，——水声哗哗，风声嘘嘘。 我们死去，又活过来，但还是带着人性中恶的种子。"海子把温暖和美好用诗歌留下来，然后他离开了这个世界。 我活在海子笔下的温暖的人间，却要写出这么多冰冷和丑恶的东西。 海子的高蹈和我的内陷，拉开了我们之间作为诗人的永远的距离。

16

深秋，河边杨树的叶子变得枯黄，但还没落下来。 这时，桑多河的流水才收敛了激越的态势，慢腾腾地流淌。 枯树，也伸出干裂肃杀的枝丫，力图缓解北风劲吹时的速度。 蚂蚁，则深匿在又聋又哑的地下，扎成堆，紧靠在一起，显然就有着人类忧心忡忡的样子。 衰败确实伴随着时间的消失，静静地到来了。 然而，村庄里的人，早就走得七零八落的。 冬至这天，人走屋空的日子，不像一个节气，倒像一种宿命。 在蓝天、雪野和房屋拼凑出的寂静世界里，人们都能感受到的时间，仿佛失去了存在的意义。 这时，会有一个女人，跪倒在佛堂里，还是像过去阖家团聚时做的那样，点上了温暖吉祥的酥油灯。 我找了她整整十年，一直没有她的音讯。 现在，她出现了，我呼喊她："阿妈！"她不回答，只对着面前金铸的被香火熏黑的佛像，磕了三个头。 然后，她起身走了。 因为走得匆忙，没顾上拍去膝盖上的尘土。我又大喊一声："阿妈！"她却突然消失了。 我惊醒过来，顿时明白：母亲或许还在另一个世界，但她不需要我去替她解除宿命，以便重新回到这个人世。

17

听说以前，桑多河畔，每出生一个人，河水就会像往常那样漫上沙滩，风就会像往常那样把野草吹低。 而桑多镇的历史，就被生者改写那么一点点。 听说以前，桑多河畔，每死去一个人，河水就会像往常那样漫上沙滩，风就会像往常那样把野草吹低。 而桑多镇的历史，就被死者改写那么一点点。 听说以前，桑多河畔，每出走一个人，河水就会像往常那样长久地叹息，风就会像往常那样花四个季节，把千种不安，吹进桑多镇人的心里。 而在现在，小镇的历史，早就被那么多的生者和死者改变得面目全非了。 那么，你们这些出走的，或打算出走的人，再也不要试图改变这里的一草一木啦，这桑多河畔的历史，再也经不起如此这般的反复折腾。 求求你们了！

18

"我离家出走的那年冬日，从桑多河里挑回来的水，冻在缸里。挂在房梁上的腊肉已经变硬，我和姐妹劳作过的土地，死在了山里。"少年时代，就是叛逆的时代，百分之八十的少男少女，都做过这样的决然的选择。"我离家出走的那年冬日，父亲托人带话给我：回来吧！ 母亲杀了只公鸡，但我还是没有回去，没有回去。"我打算将叛逆进行到底。 然而，我始终明白：我当时走的每一步，都有外强中干的印子。我明显感觉到了自己的茫然和无力。 因此我这样写出了第三节："我出走的那年冬日，因为仇雠，我打破了邻居的头。 桑多河畔，有人在隐隐约约地喊我，回首，只有弥漫的尘埃和虚弱的自己。"

19

在藏地，据说神的法力无边，他们一脚就能踩出盆地，一拇指就能摁出山峦。 他们甚至让猛虎卧成高高的石山，让天上的水落在地面，成为汹涌澎湃的江河。 我还听说这里的农民，喜欢在山坳里藏起几座寺院，在沟口拉起经幡，让掠过脊梁的风念经，让流过爱恨的水念经，让照耀苦难的光念经。 在这些农民眼里，从正月到腊月，春夏秋冬，不是先人们命好名的四季，而是四座金碧辉煌的经堂。 我上大学后离开了这里四年，然后又回来了。 我发现有佛光慢慢消失，又突然出现，有大德在粗壮高大的松柏下参悟着经卷，有庄严的法号在空谷中撞来撞去，发出高远的回响。 我也发现许多香客像我的兄弟姐妹们那样，从布达拉宫归来，走入木楼，睡在牛羊粪烧热的土炕上。 我拿出笔记本记下一个场景：黑脸男人刚刚牧羊回来，他抱紧了白脸女人。也写下日记：夏天到了，草地上，搭建起休闲的帐房。 当然也像天文学家那样，开始了奇妙有趣的想象：有人懂得花语，悄然来去，虚掩着门窗。 我真的不想离开这里，看哪，当秋月当空，晚饭之后，这里的人们总是喜欢在月下行走，看月光照亮山顶的积雪，看西风吹拂千顷森林，吹拂着祖先们曾经熟睡过的村庄。

20

有人说你会离开这里，是不是？ 是不是？ 噢，就是呀，那你把牧场上的理想，还给牧场吧。 把少年时光，还给四季的风雨吧。 把你的草地，还给父母吧。 把祖先的灵肉，还给脚下的土地吧。 光是这样还不行，你还要用桑多河的河水饮好你的马，用高原上的牛粪净过你的手，把先人传下来的哈达献给你的人。 然后，你才能骑上你的那个破梦，去那你一直想去的让人伤心的天下。 孩子，或许在你说的那个在闪光的土地，确实在频频召唤着你，我也就真的不阻拦你啦！ 我呢，不过是一条漫游的河，只想抵达我迟早会去的那里。 你知道，我要去的那里，和你要去的那里，不是同一个地方。

燕园桥寻

宗璞

　　燕园西墙边这条路走过不止千万遍，从不觉得有什么特别。　这次本想从路的一端出新校门去的，有人站在那儿说，此门只准走车，不能走人。　便只好转过身来，循墙向旧西门走去。

　　忽然看见了那桥，那白色的桥。　桥不很大，却也不是小桥，大概类似中篇小说吧。　栏杆像许许多多中国桥一样，随着桥身慢慢升起，若把一个个柱顶连接起来，就成为好看的弧线。　那天水面格外清澈，桥下三个半圆的洞，和水中倒影合成了三轮满月。　我的眼睛再装不下别的景致了。

　　"燕园桥寻"这题目蓦地来到了心头。　我在燕园寻石寻碑寻树寻墓，怎么忘记了桥呢！ 而我素来是喜欢桥的。

再向前走，两株大松树移进了画面，一株头尖，一株头圆，桥身显在两松之间，绿树和流水连成一片。 随着脚步移动，尖的一株退出了，圆的一株斜斜地掩着桥身，像在回答什么。 走到桥头时，便见这桥直对旧西门。 原来的设计是进门过桥。 经过一大片草地，便到办公楼。 现在听说为了保护文物，许久不准走机动车了，上下班时间过桥的行人与自行车还是很多。

冬天从荷塘边西南联大纪念碑处望这桥，雪拥冰封，没有了桥下的满月。 几株枯树相伴，桥身分明，线条很美。 上桥去看，可见柱头雕着云朵，扶手下横板上雕出悬着的流云，数一数，栏杆十二。 这是燕园第一桥。

燕园的第二座桥，应是体育馆北侧的罗锅桥。 这种桥颐和园里有。 罗锅者，驼背之意也。 桥面中间隆起，两面的坡都很陡，汽车是无法经过的，所以在桥旁修了柏油路。 桥下没有流水，好在未名湖就在旁边，岸边垂柳，伸手可及，凭栏而立，水波轻，柳枝长。 湖心岛边石舫泊在对面，可以望住那永远开不动的船。

不知中国园林中为什么设计这样难走的桥。 圆明园唯一存下的"真迹"桥，也是一个驼背。 现在可能因为残缺了，更是无法过去。再一想，大概园林中的桥不只是为了行走，而且是为了观赏。"二十四桥明月夜"，桥，使人想起多少景致。 我未到过扬州。 想来二十四桥一定各有别出心裁的设计，有的要高，有的要弯，有的要平，所以有的桥平坦如路，有的就高出驼背来了。

第三座桥是临湖轩下的小桥，桥身是平的，配有栏杆。 栏杆在

"文革"中打坏了半边，很长一段时间，我在心里称它为"断桥"。现在已修好了。 桥的一边是未名湖，一边是一个小湖，真正的没有名字，总觉得它像是未名湖的女儿，就称它为女儿湖吧。 夏初，桥边一株大树上垂下了一串串紫藤萝，遗憾的是，没有小仙子从藤萝花中探出头来。 秋初，女儿湖上有许多浮萍，开极鲜艳的黄花，映着碧沉沉的水，真如一幅油画。

未名湖还有两座简朴的桥。 一座通湖心岛，是平而宽的石板桥，没有栏杆。 这样湖面便显得开阔，不给人隔开的感觉。 有时想，如果这里造的也是那种典型桥，大概在感觉中湖面会小许多。 可惜无法试验这想法是否正确。 另一座从钟亭下通往沿湖各楼的小桥，不过几块青石堆成。 桥下小溪一道，与未名湖相通，桥边绿树成荫，幽径蜿蜒。 可以权且想象这路不知通往何方。 其实走过几步便是学校的行政中心办公楼了。

想着燕园的桥，免不了想到燕园的水。 燕园中有大小湖陂，长短沟溪，正流着的水会忽然消失，隐入地下，过一段路又显现出来。 从未名湖过去，以为没有水了，却又见西门内的水活泼泼地，向南形成一片荷塘。 从旧西门进来，经过荷塘，以为没有水了，东行却又见未名湖。 勺园留学生楼北侧，立有塞万提斯像，在这位古装外籍人士的背后，横着一条深溪，两座小桥分架其上，一座四栏杆桥在荷塘边，一座六栏杆桥通往树丛之中。 若不注意，只管走下去，顺脚得很，因为有桥连着呢。

俄罗斯盲诗人爱罗先珂的诗剧《桃色的云》中有这样几行反复出现的句子："虹的桥是美丽的，虹的桥是相思的。 虹的桥是想要上去的，虹的桥是想要过去的。"我很喜欢《桃色的云》，曾多次撺掇剧院演出，总未果。 桥本身就是美的，充满希望的；虹的桥更是美丽的，相思的，而且是属于春天的。

燕园北部镜春、朗润两园水面多，也有几个石板桥，印象中似乎特色不显著。 这一带较有野趣，用石板平桥正可取。 记得一年夏间，随意散步过来，过几处石桥，见两园交界处，数家民房，绿荫掩映，真有点江南小镇的风光。

曾见一个陌生人在曲折的水湾旁问路，人们指点说，前面有桥，有桥连着呢。

第五辑

捡一片黄叶回家

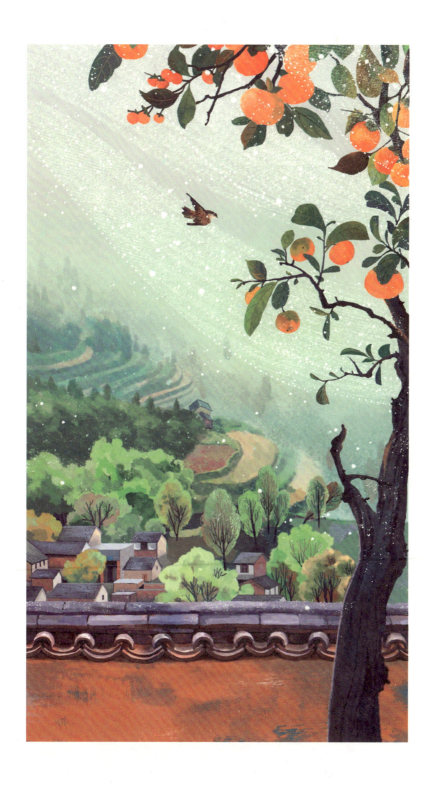

海韵

庞天舒

　　小时候，看罢了安徒生的《海的女儿》，就对海向往起来，想有一天，化成一滴透明的气泡自大海轻盈上升，伴着空中荡漾的缥缈音乐，向着光灿的太阳飘浮去。　那是安徒生描绘的海国女儿浪漫的死，以后我在大海上的许多次航行中，很少有风平浪静的时候，船儿总是摇摆得像个东倒西歪的醉汉，人们呕吐、恐惧、尖叫，我想如果海洋注定要倾覆我们，我会获得如此轻柔梦幻的感觉吗？　船舷下的海总给人一种深渊的联想。

　　当陆上的日子无比倦腻时，又想去闯海，没有比"闯海"这个词更能激发出年轻人的豪情和跃跃欲试的劲头，海在陆地的尽处闪烁着蓝色的诱惑，到海上冲浪，海中游水，开快艇，乘船远航。 海总能让你体会一种在岸上没法体会的淋漓尽致和无限痛快。 还没等走近海，单单在心中想一想，就觉眼前豁然开朗，似有一阵咸腥的风扑面而来。

长到 30 岁了，我还不会游泳，这完全是第一次闯海时就给海吓住了。

一个城里小姑娘跟着长辈们走进海中，海水清澈温暖，细密而缓慢地围紧她。 长辈让她平躺在海面，长辈的手同浮力很强的海水一起托着她。 后来，长辈的手消失了，只剩海水，她慌了，想站起来，谁料海草却一把拽住她的腿，像一个恶作剧的坏孩子。

我知道我再也做不成小人鱼了，所有诗意的幻想只能在距海很近的地方起伏着。

海其实属于男人。 会水的男人们说。

他们冲岸挥挥手就跳进海里。 海亦表现得很雄性，潮水凶猛地撞击礁石，使那群躯体土豆一样跌来滚去。 海比男人还男人，海摇荡时，天也倾斜了，岸像个孤零零的迷茫的孩子，无能为力地注视着。当那群男人爬上沙滩，筋疲力尽地伏在那儿，你会忽然觉得海的力量其实就是这颗星球的力量。 我们在陆上时，唯一能够看到并感到这种伟力的便是火山爆发，其余的日子，一切滚动汹涌都被压进地心深处。大地之上，若不是人类制造出的喧嚣，便是一派古老的寂静。 海水却将地球之力显示出来。 海一刻不停地摇荡，你就觉得我们的星球也一刻不停地旋转、运动。

我们朝着太阳，月亮朝着我们，太阳又朝着宇宙的某个地方……

海记下了这种星球与星球、天宇与天宇间的神秘联系，海也就神秘得令人不可思议。

在海岛的那些天里，我每日都去看海，坐在礁石上，两臂搂着双膝，别人一定以为这是个正在恋爱的女孩，正对着大海去梳理自己的情思。 人们的这种思维模式实在糟透了，假如那时我爱上某一位男士，绝不会去看大海，海比男人还男人，看罢了海的胸膛，海的臂膀，海的无尽力量和海的无限温柔，再回头看看你的那位人间男子，肯定有某种失落感。 有时候，我觉得我对海的崇拜向往简直是把海拟人化了，将它当作一个伟岸孔武之人，那会儿我常常做这样的梦：披上飘逸的婚纱，被一艘白帆船接到海上去，去同谁举行婚礼并不重要，反正是到海上去做新娘。

少年可能梦想嫁给海吧？

岛上的渔人日子过得分外恬静，这是黄海深处的一个马蹄状海岛，远离陆地，渔民不需要出远海就能捕到鱼。 那个时候，还没有市场经济，海鲜在都市也没有今日的火爆局面。 渔民们捕的鱼除了自给自足外，只与陆上为数不多的收购者进行简单的贸易。 渔人同时又从事农耕，岛上少量的耕地被利用得很充分。 盛夏，水绿的蔬菜和玉米长得非常茂盛，渔民的生活倒也富足，仓是满的，锅有油水滋润着，前院有鸡鸭闹着，后园子有猪在拱动。 渔妇们全是过日子的一把好手，屋里屋外忙得好热火。 相反，男人们在不出海的时候安闲得很，坐在自家小院里，"吧嗒""吧嗒"地抽装着老旱烟的烟袋，望着大海出神。

我想这是人与大海相处得最和谐最开心的日子，人不向海疯狂掠夺，没有用各种永不腐烂的现代"垃圾"去污染大海，海就舒畅地环抱、滋养着这个静悄悄的小岛。

渔人的孩子书读得很刻苦，他们都期望有一天能到陆地去念大学，然后永远留在陆上。到几户渔民家做客，户主指着镜框中的照片，我们看到这些人家荣耀的孩子已经成功地占据了城市，北京、上海、广州、大连……

对海的背叛和对海的向往一样，同是人类的一种崇高感情。我们无权也无心去蔑视渔家少年，我们和他们都用羡慕的眼睛来注视彼此的身后，只是在心中悄悄比较谁更富有。

我们太爱海，但我们清楚海洋对于人类永远是个无法企及的梦想。人类可以造出各种船只去闯荡大海，可以在海上掀起战争，在海上钻凿油井并且有本事把海中的一切鱼鳖虾蟹都弄到自己的餐盘里，人类最终还是无法获得整个海洋。首先，人无法在海上开辟一个永久的生活环境，再巨大的船也没法取代陆地，船本就是极具漂泊感的运载物，船也在寻找陆地，总是从此岸游向彼岸。人即使在宽阔的航母上，拥有最好的生活设施，还是禁不住对陆地涌起强烈的思念，想着土壤在春天里怎样泛绿，想着嫩黄的鸡雏怎样在绿地蹒跚走行，想果树，想花园的玫瑰，想夜晚飘进窗子的小虫的啾啾鸣叫，想土地之上的一切一切。

海洋不能给人类一个家，或者，人类无法把海洋当作家。人类只能在海中突起的一块土地——海岛上长久生活。海岛能享受到陆地给予的平稳感和泥土香。

所以，人类为了寸寸缕缕的土地开始打仗，争夺土地的战争打了千百年，如今还在打而且今后仍将打下去。支撑以色列人牢踞脚下土地的信念就是：我们已无路可退，我们的身后就是大海，我们必须战斗。

以色列人抓住这块干旱的土地，尽管它是中东唯一不蕴含石油的土地，尽管它遍布沙漠戈壁，但它是大地，它是人类的家。 以色列人无法想象整个犹太民族被赶进地中海的凄惨情景，穿越直布罗陀海峡到大西洋上去漂流，他们会觉得自己的民族成了全人类的孤儿，被世界遗弃。

我们都知道在这颗蓝色星球上，陆地又算得了什么呢？ 海洋在包容它，如果海洋愿意，如果天助海洋一臂之力，海洋也可以吞没它，而我们这些陆上生物被倒进海中，还不如小鱼和小虾。 陆地太小了，你航行在海上，哪怕只是在窄窄的海湾里，你也会悲哀地感到穹空之下只有大海，没有别的。

近来，看了一系列的科学论文类书籍，一个崭新的观点：人类不是古猿演变的，而是来自海洋。

想想吧，人类与海洋生物有多么相像，同有光洁的皮肤，腻白的皮下脂肪，同用汗腺排除体内盐分并对体内盐的平衡没什么感觉，身体里含大量的水分(人体的水分占70%)，而陆上所谓人类近亲的灵长类动物们却身披茂密的长毛，无皮下脂肪，对盐的摄取和调节十分细致，盐直接影响它们的生理功能。 猩猩们野蛮愚蠢，即使你把一只刚出生的黑猩猩融进人类世界刻意训练，也不会比海洋中随便一只海豚更聪明。以往的科研成果表明：人在约4000万年前由猿类进化来的。 但是，你看今天那些猿类亲戚，它们与我们平行走过了4000万年，为什么依然如旧呢？ 看它们那放浪形骸的鬼模样，就是再过三个4000万年也不会得到人类这样完美的进化。

人是从海洋中爬上来的。 我们知道生命的起源在大海，可以追溯到34亿年前原始海洋里的蛋白体，接着是原核类生物，真核生物，单细胞和低等无脊椎动物，到脊椎动物的繁荣和真掌鳍鱼登陆成功，这一切都是在距我们无限遥远的数十亿年前进行的，我们的基因中已捕捉不到那样久远的音讯，我们倾听着生命的传说只是淡淡一笑。 但殃及我们自身生命体的来路，便不能叫我们安宁了。 我们想知道我们是谁？是一场天火之后，在失去森林的空旷平原上，古猿们抬起丑陋的毛茸茸的脑袋站立在后肢上，用两条前肢笨拙地打磨出一把石斧一路挥砍呼号地奔来的吗？ 还是从海中挺起丰盈洁白的身躯，光光灿灿地走到岸上并开始以海般的恢宏气魄创造出世界的某种海洋智慧生物呢？

我愿意而且坚信不疑地认定是后者。

这样，我与大海的那份绕缠不清的情缘便明朗了，海曾经是我们的家。

海就是我们的家！

这是多么奇妙的事情呵，我们拥有光滑细腻的肌肤原是得益于海水的漂洗抚摸，我们拥有匀称的肢体，鲜艳的红唇，黑色、金色、棕色的发丝原是海水的赐予。 我们在海中畅游，海底漫步，我们有着那样一个辽阔的家园，彼此肯定和睦相处，肯定没有战争和掠夺。 我们每个生命体都彻底地袒露给海，与海相融相拥，海水随着每一次呼吸进入我们的体内，冲刷着我们的肺腑，我们通体洁净、清爽、蔚蓝。

可我们并不满足，我们不快活，不幸福，日出之时，我们浮出海面，凝看旭日东升，看到阳光映照着高山雄伟的身姿，看到春风吹绿了大地，闻到空气中甘甜的花香和青草暖熏的气息，还有远处滚荡着的森林和更远处的草原。 于是，我们像小人鱼一样忽然想放弃自己那无忧无虑的海中三百年的岁月，想拥有一个人的不灭的灵魂。 尽管，我们可能活得很短促，可能被猛兽吃掉，可能被我们自身愈来愈聪慧的大脑滋生出的恶意念头毒害，可能被疾病被地震被风雪雷电击倒，但我们仍然义无反顾。

失去了海的庇护，我们不再倚卧浮力很强的海水，我们必须学会迈出坚定的步子。

我们在土地站稳、生了根，创造世界享受世界的同时也在破坏世界，我们伐光了森林，污染了江河，杀死了动物，我们互相在角斗厮杀……人类社会的激烈竞争和冷酷无情，终于使我们不禁又凝眸海洋——曾经的家。

但我们已无法再回家了，我们长得太大了，没法缩回童年，依在母亲膝前去过宁静单纯的日子。 我们只是在海上短暂地歇歇脚，再走进纷繁的生活。

近来听说，黄海深处的那个马蹄岛已经变成热闹的旅游点，悠闲的渔人磕掉烟袋里的老旱烟，猛地站起身，像结束了一个长长的梦。 渔人的海鲜餐厅火爆地办起来，这个海岛盛产的海参鱿鱼为渔人挣了不少钱。 游人们吃得惬意极了，宴罢，再去玩水，快艇兜风，接着是海边野餐，接着是潮水涌来，卷走沙滩上丢弃的啤酒瓶、易拉罐和五彩的食品包装纸。

攀伏在礁石上的牡蛎被撬空了，秋天海边横行的肥大螃蟹早在它们年幼时就给踏浪的游人们捉走下到油锅里了。 可你不能说岛完了，岛上的土路一律换成柏油大道，岛上建起豪华宾馆，有程控电话，有卫星接转的电视。 岛开始有了城市那样气派的居民楼，有大商场，渔民们纷纷从岛的外圈搬进了内圈，过起了真正的城里人日子。 而那些发财的渔人跨过海去走进了真正的城市，并立稳了脚跟。

　　我但愿他们在被城市的嚣声弄昏了头，城市的灰尘迷了眼时，能回头去看看海——曾经的家。

捡一片黄叶回家

何志云

都是那不变的风景透露着的，与其说是喧嚣，不如说是酽酽的荒寂。 早上睁眼醒来，就见四壁模模糊糊的苍白，便想到被钢筋水泥隔了开来的温暖大地。 麻雀虽然偶尔在窗边的枝头唧啾，但院落里的花木或是草坪，却激不起半点灵性，活像一幅关于自然的广告画，还显出几分匠气。 过江之鲫般涌动的人群和车流，在直线加方块的市景镜框里，把哨兵般排列有序的行道树，生生地摆作了点缀。 即使有风吹来，也仿佛被过滤成塑料拉成的薄片，只会枯涩或者蛮横地掠过，不再流溢起触摸一般的柔情和韵致。 倘抬头想看看蓝天，看看白云，一概都被林立的高楼夹裹，像是经过了精细的切割，而今装进了方方正正的罐头盒里。连阳光都变得缩头缩脑、畏畏葸葸起来。夜色更是不必去乞求的了，不论走到什么地方，永远是蜂窝般明灭的灯光，连同浓妆淡抹媚眼卖笑的霓虹灯。星星从此只在童年的梦里闪烁，还得小心翼翼地躲闪着载重卡车坦克一样的隆隆入侵。

就这样匆匆一年将尽，又临深秋。

客居京地十几年，终日为喧嚣所扰，被荒寂所惑，细细想来，只有深秋是永远的滋润和慰藉。冬的寒瑟，春的风沙，夏的燠热，这些年来，都由这清冷旷远的深秋作为补偿。都市的烦扰和困惑，也都靠这一年一度的深秋作清凉的滋养。极端些说吧，在我看来，京都真正的美丽不仅只属于深秋，而且也唯有在这时，才能轰响成心灵里的辉煌。

又在深秋季节灯下枯坐，免不了沉下心来翻检来年的旧事，便觉有一种密密匝匝的空茫。刻骨铭心的欢乐也罢，欲说还休的失悔也罢，此刻一并都归入了不可追索的过往，只有都市依旧，被都市终日包围的自我，也芥尘般依旧。而那走马灯一样变幻不定的市景，那热衷者营营苟苟地追逐，留下来的依然只是那份喧嚣，那份荒寂，那份铅华斑驳后难免的干涩与荒谬。

只是深秋是永远的真实。

真实的深秋就在这时，带着它的全部气息和情致，缭绕回旋而来，潜潜地走进空茫的冷眼里了。

那么，就走出荒寂的都市，哪怕只一会儿，去应和那酣畅淋漓着的深秋罢，比如西山八大处。

去八大处而不是通常的上香山，原因首先只在于那里人能少些。香山的红叶固然属于京都深秋的极致，所谓众口皆碑，但也因此使香山在这个季节犹如游乐园。 这一点只要看看一路上长蛇般的车队，就能了然。 游乐园不仅意味着蜂拥的人流，同时也意味着摩肩接踵的声浪，遍地的残骸，还有随之油然而来的浮躁和倦怠。 红叶便在这时蜕变为都市的背景，轰轰烈烈地与深秋永别。

八大处果然人声寂寥，或许也因为时间尚早的缘故。 买了票经灵光寺、三山庵而至大悲寺、龙泉庵，一路逶迤行去，竟很少见到一样来寻静的同好。 从酣睡中渐渐醒来的八大处，每一个毛孔仿佛都在渗透出浓浓的深秋气味。 凭栏远眺层层叠叠的群山，满目半是斑黄半是微红的丛林，隐隐可见翘凸的屋檐；脚下丈量青苔斑驳而清瘦的石径，几片黄叶在微风里不动声色地盘旋；辽塔残基面对着金碧辉煌的佛牙舍利塔，在沉默不语的对峙里，自有一种随历史而来的冷然；浓荫遮掩的青石板凳流泻着落寞的意味，不消说是坐上去歇歇力，摸一下也会让人感到久违了的柔情；稍一抬头，铺天盖地的是澄澈清冷的秋光，把几株铁钩银画般的老银杏树浸染得通体剔透。 偶又有寺庙做早课的钟鼓声传来，把流泉滑过山石的叮咚，衬托出一番格外的晶莹⋯⋯

与香山相比，八大处没有漫山遍野殷红的黄栌，没有众多的别墅、山庄和纪念故居，也没有饭店、缆车和集市般的小摊，但这又有何妨？

其实我想说的是，这又有多好！

"我见青山多妩媚，料青山见我应如是"，套用辛弃疾当年的感喟，不知道此刻我正流连忘返的八大处，是不是还能认识我——那个在清华、北大抄完了大字报，背着一小口袋炒米在这里匆匆来去的少年？

来八大处的真正原因，原来是在附拾旧梦。 意识到这一点，粗粗一算，二十多年已如弹指。 睽违多年的八大处，当然不再会是记忆里的昔日模样。 那时的八大处似乎要荒凉得多，也颓败得多：红粉剥落的寺庙院墙和木门，歪斜不平杂草丛生的小径，山脚不远处倾圮的断墙残垣，更有老树昏鸦，西下夕阳，深秋不折不扣是一幅凄恻的暮晚景象。

坐在石凳上想来，这种景致，是不是更符合八大处的本相？ 八大处其实早就已经老了。 换句话说，八大处不是以它的青春，而恰恰是以它的老态和背后的历史人文景观，在西山乃至京城留下属于它的印迹的。

记不得那时的八大处，是不是已经叫作公园？ 现在"旧貌换新颜"后的八大处，分明属于人民大众的公园无疑，这自然是一件好事。 但既成了公园，似乎也就有了相去不多的模式——修缮一新的各处建筑，整齐划一的草坪路径，间或夹以各种宣传画标语牌，一览无遗着这一时代独有的特色。 比如去三山庵必经的水泥桥，桥两侧的栏杆油漆成间隔的白蓝色，显然只有今天才造得出来，于是便明白提示着桥的年龄。 不过这种提示，就真的那么必要，那么不可替代么？ 这样的提示，即使是无心的，不也表明了人的都市感对自然和历史遗迹的扩张么？ 至于在山顶垂挂下白布，以模拟瀑布，用什么厂家赞助的红伞，堆砌成象征的红叶，则更不必说了，名曰为"新艺术"，实际却在暴露自己的浅薄，侵蚀了永恒的历史和自然。

记得有一年去日本，在京都参观日本德康时期的平等院时，颇为惊诧于平等院的破败。 平等院一直被镌刻在二十円日币上，足见它在日本政府和民众心目中的地位。 据平等院的住持介绍，日本政府每年必拨大量专款用以平等院的维修，钱想来也是不缺的。 我把我的疑惑和盘托出，住持浅浅一笑，答：日本对古迹的保护，是以尽可能保持它的旧貌，推延它的衰亡过程为目标的，把古迹修缮一新，实际是破坏了古迹。 我听了着实为之一凛。

如果在八大处这深秋的自然情韵里，历史也向着人们款款走来。自然和历史浑然融合为一体，在洗涤人的灵魂的同时，助人去抵御都市的喧嚣和荒寂，留给人一份而今难得的淡然情怀，这才是好上加好，真正是好得不能再好了。

怔怔地想着，终又到作别八大处的时候了。 都市的风景，远远地在寂寞处燃烧，不管说是喧嚣还是荒寂，它一概冷冷地带着嘲讽带着调侃。

罢罢，这也许正是人的命运。 逃逸或者是抗拒，那起因，恐正在于它归根结底的无法逃逸和抗拒。

那么，就俯身捡一片黄叶回家。 把它夹在壁上，留若隐若现的深秋气息，伴人走进都市的梦里。 在这梦的天地里，喧嚣和荒寂都因了这黄叶而退隐，蜉蝣般的人生则因了深秋而长存。

南京的秋天

叶兆言

　　想不出南京的秋天有什么特别地方。 南京是个四季分明的城市，什么样的季节和气候都有，夏天热，冬天冷，黄梅天潮湿，秋高气爽时干燥。 不像海南岛那样长年是夏天，不像昆明四季如春，不像北极村一年里有大半年要下雪。 南京的秋天显得很平庸，到日子就来了，来了绝不耽搁。 说走就走。

　　秋天是成熟的季节。 可是南京并没有什么地产的水果，北方的苹果和梨，南方的橘子，所有这些和南京都挨不上。 南京人已经习惯理直气壮地吃别的地方的水果。

　　南京是个尴尬的地方，秋天里去栖霞看红叶，那红叶实际上并不地道。 首先是不红，其次也成不了林。 在南京也许只有秋天的银杏树值得一看，秋风萧瑟，金黄的叶片纷纷坠落，掷地有声，仿佛下雪一样。在南京大学校园里，在玄武湖的梁洲，有成片的银杏树，不过要观赏就得抓紧。 满树的金色叶片，几天内会落得精光。

都说南京有帝王之气，实在是玄得很，天知道什么应该叫帝王之气。 南京的秋来也匆匆，去也匆匆，在南京建都的帝王也是如此。 历史上，南京是出后主的地方，陈后主李后主，都是不爱江山爱美人，命中注定要当亡国皇帝。 南京时髦的女人都抱怨秋天太短了，说冷就冷，买了一套漂亮衣服，刚上身就不能再穿。 南京的秋天是动态的，马不停蹄，变化万千，女人要爱美，就得准备挨冻。 爱美总是有代价的，爱美的女人弄不好就会冻出病来变成林妹妹。

南京的秋天恰恰是以短暂取胜的。 美永远短暂，正因为短暂，所以才美。 只有经历过夏日酷暑的南京人，才能真正感受第一阵秋风的意义。 那是一种死里逃生的庆幸，在过去连续高温的日子里，多少人把"热死了"这句话当作了口头禅。 秋风迫使南京这口凶神恶煞的火炉不再咄咄逼人，同样的道理，秋天一天天往里走，冬天悄悄逼近的时候，南京人会比别的地方的同志们，更感到秋天的珍贵。 南京的冬天往往比北方的冬天更难熬，北方的学生到南京来上大学，冬天里常被潮湿的冷空气冻得哇哇直叫。

四季有序，是南京的优点。 只有在这样的城市里，人们才可能真正体会气候和季节的变化。 春夏秋冬是大自然白白赠送给人类的珍贵礼物，少任何一部分都是一种残缺。 南京的秋天，并不像想象中那么完美，而完美，向来也仅仅存在于想象之中。

市声之外（二题）

程宝林

叶上雨声

雨落在不同的植物叶片上，会发出完全不同的声音。 我熟悉的是落在麦穗或稻叶上的雨声。 它们就像是从天空倾倒下来的，脱粒之后的新米和新麦，很圆润，很饱满，似乎含有一种不易觉察的甜味儿。听到这样的雨声你会产生一种难以言传的喜悦和冲动。 你将手伸向雨中，雨会很快聚满你的手掌，不是水，而是雨珠。 你甚至可以细数那些透明的珠玑，在你的掌纹间滚动，滚过爱情线、滚过生命线、滚过事业线，你会感到你现在的一切、未来的一切，都已经得到了这五月"梅子黄时雨"的孕育与浸染。

我现在的文字生活，跟天气和树木都没有关系。我生活在一个过于洁净的城市里，树木只是作为一种风景和点缀而被零散地安置在街道上，它们彼此之间的孤独正与人同。而当秋天到来，树叶落下，立刻就会被有关部门扫走，不允许有片刻的停留，连伸向天空的枝桠也会被园林部门按照这个行业的意志修剪整齐，如果有一枝斜出就算违背了城市生活的基本准则。所以，我从来没有听到过秋雨打在落叶上的声音，不是那种尚在枝头、悬而未落的枯叶，而是已经叶落归根的那种。秋雨打在枯枝上或水泥人行道上的声音，是坚硬而凄厉的，它会让你想起机枪的扫射。而一旦它落在铺满落叶的地上，就会变得十分轻柔与细微，像无数双儿童的嫩手，在抚摸着这些早已被前一阵雨洗净的叶片。

我想起了森林里看到的一幅情景：阳光从雨后的叶缝间滤过，射在地上，使满地的落叶金黄一片，如同散落的金币；而地上低洼处的积水，在阳光的反射下则现出纯银的光芒。这时的森林静极，嘈嘈杂杂的雨声仿佛骤然间被千万片落叶收藏，它们吸足了雨声，又透出几丝几缕的青绿之意来。

落叶上的雨，也不同于茕茕独立的残荷上的雨。古人留下残荷，便是为了听雨。这富于东方古典情调的音乐，总是在采莲之后显得清瘦的荷塘里演奏，使秋天的姿容在每一茎残荷上显露出来，不是那种病中的枯瘦，而是一种健康的清癯。在城市里当然难以觅到荷塘，乡间的荷塘，似乎也大多改为了鱼塘。

那天我偶然去一所大学的校园，在树林里不经意地踩到了一层松软的落叶，这时正好有一阵雨落下，打在枯叶上，发出一种亲切而陌生的絮语。我突然意识到，我已经有好多年，不曾留意过诸如雨声与落叶这样细微的事物了。我不知道变得粗糙的，是生活本身呢，还是我的心。

虚构菜畦

如果想验证"种瓜得瓜，种豆得豆"的真理，你就最好在墙角开垦一小片土地，将瓜或豆的种子埋进地里。栽种之前当然要先将棚架搭好。搭棚架最理想的材料是细小的竹竿。没有竹竿，木片和铁丝也可以替代。

在都市里保留这点农耕文化的孑遗，不是图的省几个菜钱。嫩嫩的豆蔓与瓜秧沿着棚架攀缘而上，用蓊郁的绿意遮覆头顶的一小片天空，使夏日的地上，有一片浓荫驱除溽暑，才是这庭院菜畦的真正旨趣所在。我一直怀想着很早以前在颐和园看到的一副对联，下联是"新绿瓜畦带雨锄"，浓浓的田园味中饱含诗情，全然没有露出帝王行宫令人讨厌的皇家气。皇帝当腻了，想锄几下瓜畦舒展"龙骨"，与一介文人伏案之余在院子一隅开荒种菜，略舒倦眼，其情其趣自然是大为不同。在皇帝眼里，"普天之下莫非王土"，而对我来说，开垦这一小块瓜畦豆棚，还不曾向国土局、环保局等有关部门申报呢！

这种劳动至少强似养花。养花基本上算不得是什么体力劳动（专业花园或苗圃又另当别论）。而种几棵瓜秧与豆秧，日日侍弄，拔草、浇水，快乐就在它们绿叶勃发、藤蔓越牵越长的过程中，而收获的大小，实在是不必在意的。都市中的这一小块"自留地"，使你和这个国家的大多数那些值得敬佩和同情的农民，建立起了某种联系。 作为一个写作者，你不仅写出过作品，而且种出过作物，这使你万一遭受厄运被一脚踹出城市时，至少还有一种聊可谋生的本领。 不过，据说这种不幸再也不会发生了。

在瓜棚与豆架下支一张小桌，摆上三五个四川茶碗，与来访的文人们谈天说地，实在是极好的人生享受。 话题可以不拘于文学与艺术，就谈谈头顶垂悬的嫩黄瓜或细豆荚也未尝不可。 古人说，"大隐于市"，尽管终生不免在红尘中翻滚，但结庐人境，心远地偏，是一样可以"采菊东篱下，悠然见南山"的。 虚构这样的瓜棚与豆架，并非出于我的恋旧。 我深知，这不是一个怀旧的年代，我也不到恋旧的年龄，但有时候在城市里奔波得倦怠不堪，我便极想躺在这想象中的豆棚瓜架下，望着天空，把小时候躺在真正的瓜棚豆架下数过的星星，再重新清点一遍，就像一个守财奴，在无望地清点他散失了的、永远也收不回来的蓝色宝石。

游动的星群

杨昕

> 灵魂啊！你的哭泣会使你的果子成熟。
>
> ——《神曲·净界》第十三篇

一

此刻，夕阳已经滑下了西边的山坡，天边的黑暗开始统领空旷的原野，寒风肆虐着，枯枝瑟缩着，在残阳最后一点余晖里，有一只苍鹰在天空划出一道优美的弧线，一霎时，就不见了。

没有开遍原野的鲜花，没有绿遍天涯的芳草。

只有皑皑的白雪笼罩着，如一块尸布包裹着刚刚死去的原野。

这是冬天，一个北方奇冷的冬天。

你伫立在一个小小的土丘上，以你习惯的姿态，重新阅读那些像你一样静寂的群山。

群山站立在那里，彼此依偎着，如一群沉默而温驯的绵羊。

渐渐地，绵羊的身影愈加朦胧。

天完全黑了，今夜没有星光。

然而，你依然没有动，你依然固执地凝望着，在黑夜无底的深渊里，你望见了什么呢？

二

此时，我游移在一个狭小的庭院里，时而漫步，时而伫立，时而困兽般向四周打量。

高大的楼群在我们四周汇聚，开始挤压我，楼群中泻出的灯光斑驳地照临我们小院。

我如一架失去机翼的飞机，贻误着，耽留着，无法飞出我的机场。

我徘徊着，挣扎着，我不甘躯体的被拘囿，开始让思绪乘上追忆的列车，穿过一个个记忆的隧道，在每一个往事的月台上辨认那些快要遗忘的面孔。

可是，那些欲诉还休的嘴巴，那些欲言又止的目光，到底想告诉我什么呢？

三

是什么诱使你前来?

是什么声音拍打你和谐的梦境,使你不肯在既定的轨道上滑翔?

到底是什么声音,以如此强大的气浪撞出你的胸廓,以如此强烈的磁场吸附你的眷恋?

夜深如海,你凭靠在梦境的堞口,向着苍茫的远方凝眸,你的思绪缤纷着,如一群鸽子自你心灵的草坪飞出,掠过那些目光的草场,飞向你瞭望的极地。

你很疲惫,你刚刚结束了一场搏斗,同那些劝阻与关切,同亲人们的缱绻和深情,最后是同一个最顽强的敌手——你的另一个自己。

现在,你轻松了,你可尽情地呼吸这沁凉的夜风,尽情地消受这孤独和寂寞。

世界很嘈杂,人群很拥挤,但现在你是一个人。

一个人的时候,你可以按自己的意志行事。

一个人的时候,你可以照自己的愿望思想。

一个人的时候,你可以不受暗示,不被支配,不必为了任何虚荣而修饰,不必为了任何允诺而牵挂,不必为了任何尴尬而脸红,一切的成功与失败,一切的赞誉与诋毁,一切的高尚与鄙俗,此刻,都站立心室的窗外,胆怯地打量你。

所有旁观者的目光都云开雾散,无际的天空丽日朗照,你登临了你心灵的殿堂,作为你的君主,站在你人生的最佳角度,审视自己。

四

为什么揖别了家园？

为什么离开了那些生育你，抚爱你的土地？

为什么涉进了陌生的原野，让你们情感流浪，让你的梦幻迂回，让你的思想从你灵魂的弓弦上弹出，在思念与神往、失落与寻找、痛苦与欢乐之间的荆棘草莽中穿越着，追逐着？

像饥饿的鹰犬追逐着猎物，如干渴的夸父追赶着太阳。

你为自己的目标而狂热，而惊悸，而焦躁不安，你知道，远方总是辽阔的，而辽阔的远方总是属于那些胸襟开阔而腿力健壮的行路者，属于那些战胜怯懦、战胜犹豫、战胜猥琐的强手，属于那些渴望神秘，而敢于探索神秘，渴望成功而敢于制造成功的英雄和骑士。

于是，你出发了。

在故乡的站台上，你把亲友的嘱托——那些饱蘸深情而滋味浓郁的话语打进你简单的行囊，最后一眼深深依别白发苍苍的父母和永远年轻的故乡，出发了。

一路征尘，一路躁动。"八千里路云和月"，列车行进，车轮滚滚，你伴着自己的心音，随着窗外秋风的吹拂，一个人独享着那种旷达，那种豪迈，那种抛却重负后的轻松，那种行将获得的快悦。

列车行进着，无边的夜幕湮灭了一切，在夜色的大海中，列车如一座飘移的孤岛，你坐在这座岛上，开始垂钓第一个梦。在温煦的海风中，你梦见涅槃的凤凰，在烈火中自焚。

你梦见，新的自我诞生了。

五

人是带着哭声来到这个世界的。

有人赞美那哭声，说那是一曲清越的生命之歌，是一支悠远的笛声召唤着生命的黎明。

有人却说：人来到这个世界，知道生命的前方有无边的苦难等待着他，于是，他哭了。

在茫茫的时光之海，生命不过是一根不算很长的链条，而每个人不过是这根链条上极其微小的一环，而且随时都可能折断。

于是，有人想将这生命无限地延长，如一个犯了死罪的囚犯想争取死缓，而后争取无期徒刑。

有人则以幻想构筑欢乐之塔，佛家寄托于来世，基督祈望于天堂。

也有人希望灵魂离开肉体，当物质的肉体不可避免地消失后，让灵魂自由自在地遨游，任意地选择合适的载体。

可是，这一切都是午夜的梦，终将被黎明无声的脚步所踏碎。

可是，人生的真谛是什么？

生命的前方是什么？

这个谜面，也曾如妖女诱惑着你，如乱麻纠缠着你，甚至变成一条粗壮的绳索，几乎扼住了你的呼唤。

你开始在黑暗中摸索，如午夜的旅途寻找一盏引路的灯，如苍茫的大海寻找一条载渡的船。 可是，你找到了吗？

六

就在你踏上异乡的一刹那，你突然醒悟，故乡从此退向了昨天的岸，成了永远逝去的梦；而昨天的梦却酿成了今天的现实。

当饥饿的目光饱餐了一路的风景，你开始寻找你与故乡，与异地，与这个世界的对应关系，并且开始以理智反刍，消化你清晰的过去，并且透过时光之雾，辨认你朦胧的未来。

可是，黑暗顷刻就来了，今夜没有星光，今夜没有星光啊！ 我的朋友。

一个人赶路，你可以吗？

有一个寓言说：一个猎人追赶猎物，他走了七天七夜，追上了一只狐狸，他却再也找不到故乡了。

后来，那只狐狸幻化成一位美丽的姑娘，美丽的姑娘成了他的新娘，几百年后，这里成了一个村庄。

今夜没有星光，真的没有啊！ 我的朋友。

不需要什么理解，也不要星光指路，你说：路就在你的心中，在心间迷离芳草处那片危崖与河谷间。

每个人的心中都有自己的路，每个人都在匆匆地走着，只是有的人盲目地走着，有的人却是主动地选择，有的路上漆黑一片，有的路上则透出熹微的灯光。

不朽的诗人但丁就是循着心中的路走过了地狱、净界而登上了天堂的台阶。

你也会的，只要沿着自己择定的路，不倦地走着，笔直地走着，从容地走着。

当你重新抬头，星群已经布满了天空。

今夜的路上，只有你。

一九九〇年二月七日　天山北麓